池井昌樹詩集

ハルキ文庫

角川春樹事務所

池井昌樹詩集

目次

『この生は、気味わるいなあ』1990

永劫の挨拶 10

『水源行』1993

結婚 12
まちゃぼう 13
貝の火 16

『黒いサンタクロース』1995

一万四千六百泊 18
黒いサンタクロース 21
息子 24
手から、手へ 25

『晴夜』1997

星々 30
ほのほ 35
少年 36
晴夜 38
半跏思惟 40
いきてるんです 43
ナニゴトノ不思議ナケレド 46
ごえん 48
ふとん 52
なんにもない 54
ふしぎなかぜが 57
河童 58
あなたのことなら 61

一枚の葉書 64

『月下の一群』1999

こもれび 69
夕照 70
月光 71
窓 73
手 74
木の花 75
春野 77
きのこ 78
月光仮面 79
古いノート 81
ゆすらんめ 82
ひだまり 83

遠足 85
牽牛 86
あなたへはやく 88
サザエさんの星 90
生家 92
水陽炎 94
わたしのバスは 95
瀧 96

『一輪』2003

今朝 98
一輪 99
螢 100
銀河のむこうで 103
生きていて 104

春風 106
日々 107
木陰 109
ただそれだけで 111
晴晴 112
一輪 113
春雪 115
灰色の空いっぱいに 116

『童子』2006
弓 118
だれもしらない 120
天瓜粉 121
幸せ 122
風鈴 124
厩 125
五月 127
ほんとうは 128
だれ 129
くらし 130
朝露 132
真珠 133

『眠れる旅人』2008
カンナ 136
花影 137
花影弐 138
花影参 140
つゆ 140
ふたり 141

故園黄昏　142
むこう　144
そっと　146
まぐねしうむ　147
みずうみ　147
眠れる旅人　149
蟹　151
人のように　152
さくら　153
金銀砂子　154
古い町　156
亡　158
おかわり　158

『母家』2010
瞳　160
とこしえに　161
こんな日に　163
優しい雨の　165
柄杓　166
私　167
微光　168
羊　170
星　171

『明星』2012
明星　172
曲がり角　173

筍　175
指　176
腕　178
滝宮祭禮図屛風　179
座敷童子考　180
若葉頃　182
豚足　184
花嫁　185
陽　187
蒲公英　188
真珠　189

『冠雪富士』2014

草を踏む　190
この道は　192
月　193
内緒　194
冠雪富士　196
肩車　197
揚々と　198
企て　200
雲の祭日　202
寒雀　204

エッセイ　谷川俊太郎　206
年譜　211

＊口絵写真
なんにもない／佐々木育弥（アイノア）
手から、手へ／コーサカ・トモ（アイノア）
＊カバー・本文イラスト　くまあやこ

池井昌樹
詩集

Ikei Masaki

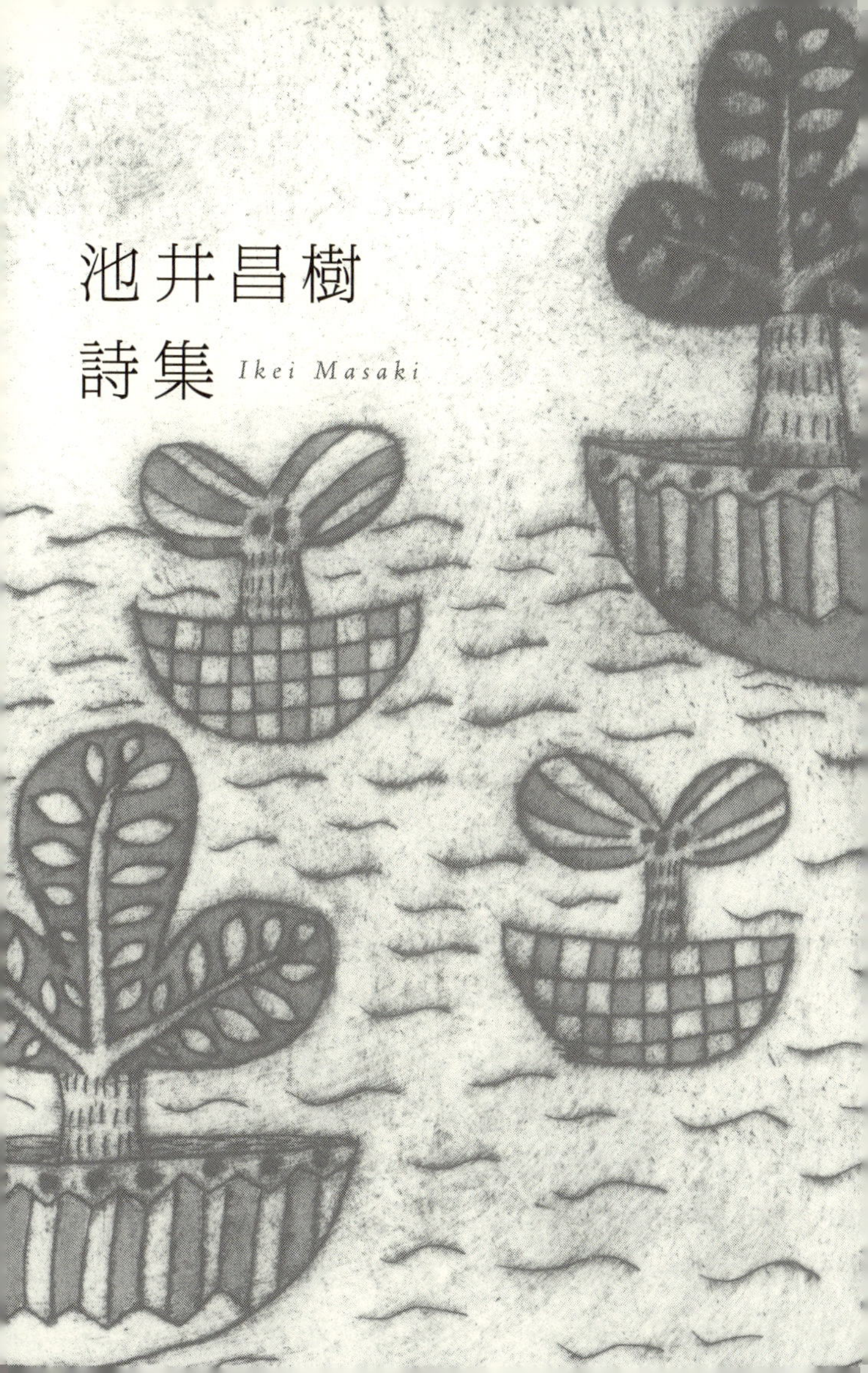

『この生《せい》は、気味わるいなあ』 1990

永劫の挨拶

夜のカーテンからね
ばあ
といっては笑顔を覗《のぞ》かせる僕の息子よ
蒲団《ふとん》にうずもれてなにをはっけんしたんだい
いつまでも笑い止《や》まない僕の息子よ　おまえは
こんな狭い藺草《いぐさ》の上へころがりでてきて　おまえは
充分に楽しんでくれていますか　僕の息子よ
父は自信がないのです　あかるくぬれた頬を吸い
おまえのくびれたふとももを吸い
父はおびえているのです
星から来て星へ帰る
その星と星とのあいだによこたわっている無尽蔵な闇のこと
星から来て星へ帰る

父がその父とえいごうの挨拶をかわしたように　おまえも
あんな深さのどこやらから
わけもわからず今夜の此処《ここ》へころがりだしてきたんだろう
このひとときのちなまぐささに
父はおびえているのです
まいあさ硝子《ガラス》窓の隙間から射し込んでくるぴかぴかの陽光
陽光の中でぼんやりとうごいている綿埃《わたぼこり》　息子よ
あれを見ましたか
水のようにごくごくと飲むことのできる朝の陽光
此処にいるものにしか見ることのできないあのオーロラを
きまりきったことわりにちがいないけれど
星から来て星へ帰る
はかれないみちのりのまんなかにあるこんなにわずかでいとおしいとき
おまえといきるひとところの
てのひらほどなひとところの
むねいっぱいにかんじられるとき　僕の息子よ
星から来て星へ帰る　僕と息子よ

『水源行《すいげんこう》』 1993

結婚

人をあやめる夢を見た
七夕の翌朝は良い天気になった
鴉《からす》をよけてゆこうとすると
後から女房がおいかけてくる
漆黒のポリ袋がなにかでふくらみきっている
もってやろうというと
結婚式の夢を見ちゃった
うれしそうにしている
今日は天気の良い朝になった
やんわりしなう漆黒の袋の
結び目を二人かたくつかまえ
しばらくならんであるいた

まちゃぼう

たいへんはずかしいのだが
ぼくはむかし
まちゃ
と呼ばれていたことがある　あるいは
まちゃぼう
と呼ばれていたことがある
たいへんはずかしいのだが
ぼくはむかし
こどもだったのかもしれない　あるいは
まちゃよ
と呼ばれふりかえっては
なにがそんなにうれしいんだろう

たまらないえがおをかえした
ぼくはむかし
なにかの幼虫だったのかもしれない
まちゃよ
まちゃぼうはいま
身からでた錆《さび》でいっぱいになり
ほんやのおっさんと呼ばれ
いやらしいおあいそわらいもうかべるし
信号が変わるつかのまも
潰《けが》れた銭の袋を抱え
うおうさおうと
青くなったり
赤くなったり
灰色の雨空を
ひっきりなく灰色の雨雲は流れ
まちゃよ
まちゃぼうよ

ぼくを呼んでたまぶしい声よ
まちゃぼうはいま
こんなにあさましく羽化し
あなたの声からかくれるように
こわごわ頭上をぬすみみている
たいへんはずかしいのだが
まちゃよ
いまでも耳元で微《かす》かに囁《ささや》く声があって
いまではかえすえがおもないから
しかたないから
あらぬほうむき
しばらく立っているのです
たいへんはずかしいのだが
ほんとうはこころのそこから
わらいだしたい
きもちを鎮めて
なにくわぬかお

しばらく立たされてるのです

貝の火

てばなせば墜《お》ちるところまで墜ちてもまだ墜ち続けるこのたまを
さわればふるえる貝の火のようなこのたまを
われわれはてばなすことはできないのである
やさしく　むごく　あたたかい
鬼のようなうたをうたいながら
投げかえしあってはわらうのである

あけてもあけてもからかみのむこうにからかみがある
とじられたからかみのむこうに初秋のような庭がある
耳のしんしん痛む朝
一晩夢で汚された台風のあとの空のような蒲団のうえへ

ぬきてを切れそうな陽《ひ》がのびてくる
このたまはまだねむっているのである

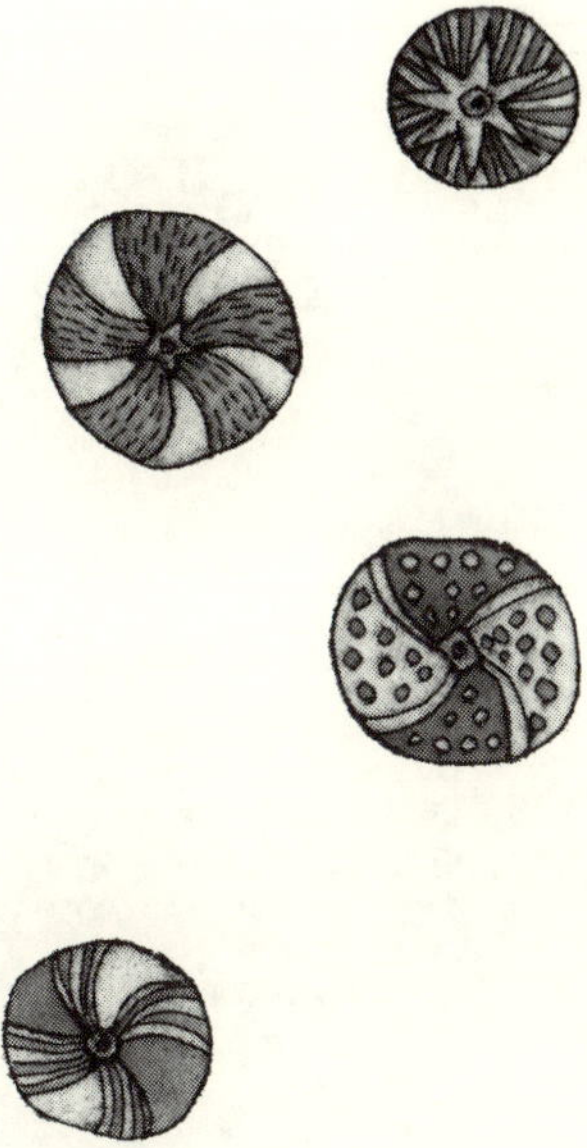

『黒いサンタクロース』 1995

一万四千六百泊

あるときから
とはいうものの
それにしたって
もうおぼえもない
あるとき
から
おおよそ一万四千六百日間
家《うち》を空けていたことに
ようやく気付いた
あるとき
から
おおよそ 一万四千六百泊

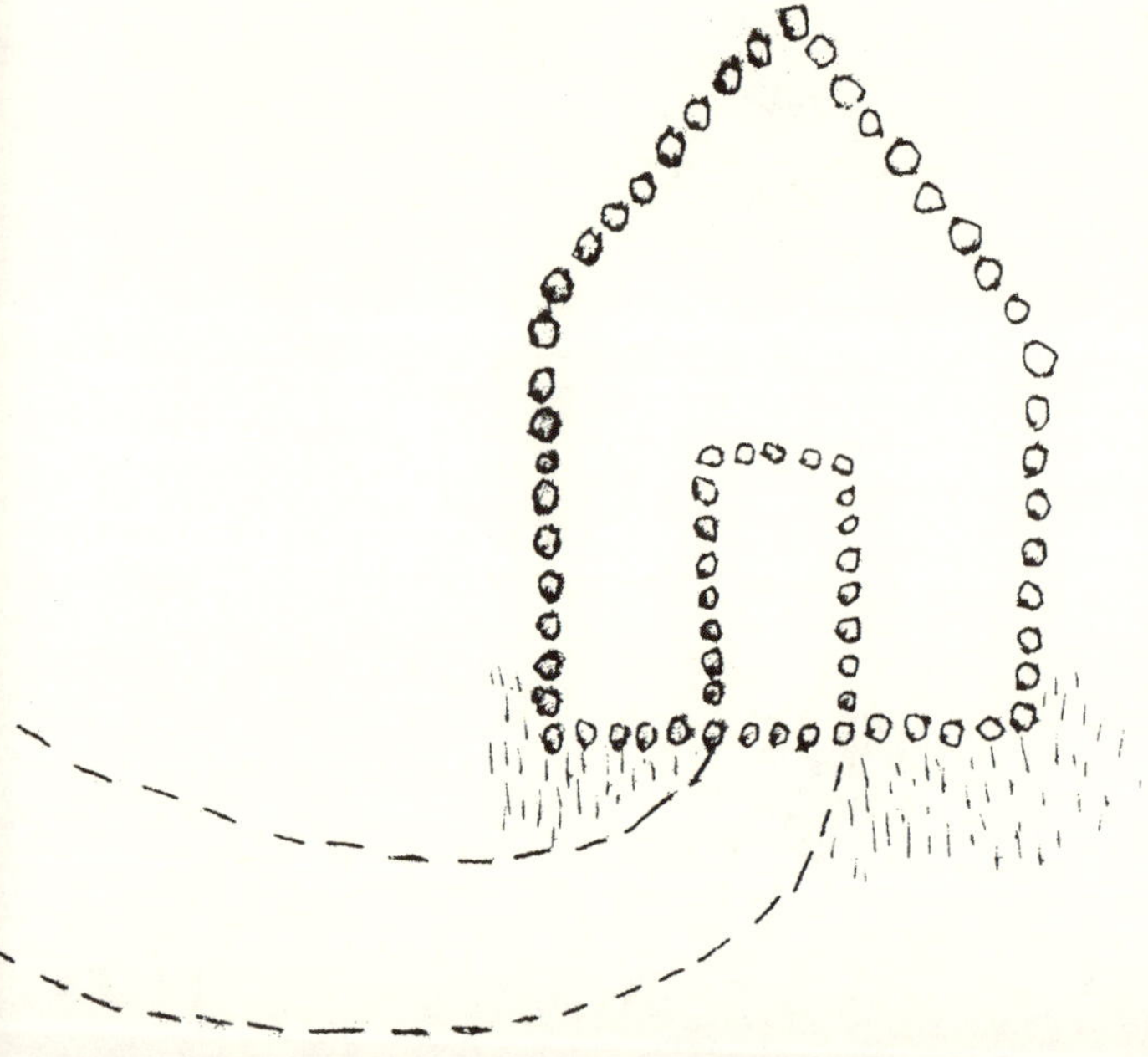

重ねた此処は旅寝の涯《はて》で
良く陽の当たる何処《どこ》かの屋根を
窓から見ていたぼくに気付いた
いつからか旅路をともにするものたちが
まるで妻子のように
夕餉《ゆうげ》の菜を刻んだり
まだあどけない声で只今《ただいま》とぼくに告げたりするのだが
あるときぼくが
着のみ着のまま
鍵も掛けずに
脱け出してきた
家の屋根にも陽は当たり
主人不在の畳や壁や
家畜のように待ち侘《わ》びていて
畳や壁やはどうでも良いが
脱け出してきた家の中には
おおよそ一万四千六百日間

置き去りにした
ぼくの帰りを待ち続けている
思い出せない
だれか居て
胸中の
風の無い日の陽の奥は
悪魔でも
澄み
微笑んだり
まだなにごとかぼくにうちあけようとして
そのひとが
陽の中へしだいに溶けて見えなくなるので
ぼくはもうはやく帰らなければならぬと思い
もうはやく此処を発《た》たねばならぬと思い
みじろぎもせずみもだえるとき
いつからか旅路をともにするものたちが
まるで妻のように

まだ灯《ひ》を点《とも》さぬ暗い流しで
だまって菜を刻んでいるのだ
まるで幼い子らのように
さっきから
ならんでだまって
ぼくを見るのだ

黒いサンタクロース

八歳になる長男が
真顔で訊《たず》ねるようになった
サンタクロースはほんとにいるの？
いるよ　と真顔で応えるものの
じつのところははんしんはんぎ
ぼくにもわかりはしないのだけれど

このやりとりをあんぐりくちあけ
どんぐりまなこでみあげている
まだ六歳の次男にとっては
みてきたわけでもないくせに
やさしいけれどおそろしい
サンタがほんとにいるらしいのだ
ぼくの幼い息子たちよ
おまえたちにはだれよりも
やさしいけれどおそろしい
サンタクロースはいま生きていて
ここにいて

おまえたちだけかんがえながら
襤褸《ぼろ》靴《ぐつ》みたいに疲れたからだを
こっそりやすめているところ
垢《あか》や埃や涙や罰《ばち》や
深紅のガウンもすっかり汚れ
なにひとつ

ねがいごとなど叶《かな》えてやれない
だれの眼からも
みすぼらしい
くたびれはてたおじさんなのだが
どこか戸外で
鈴の音
いましも雪を巻きあげそうな
八頭立ての馴鹿《トナカイ》が
隊列をなし
たしかに蹄《ひづめ》を踏み鳴らすから
さあ立ちあがろう
とはしてみるものの
艦褸靴みたいに煤《すす》けたサンタは
おまえたちにはまだわからない
午後の作業のはじまるまでの
ほんのつかのま
もうすこしだけ

からだをやすめていたいのだ
くたびれはてたおじさんみたいに
あとすこしだけ
煙草の灰をみていたいのだ

息子

真昼の襖《ふすま》のむこうから
むすこはきっとぼくをめがけて這《は》ってくるのである
くりかえしくりかえし這ってくるのである
わらいながら抱き止めようとする妻の腕《かいな》を振り切って
真昼の襖のむこうから
ぼくのなにかをめがけていっしんに這ってこようとするのである
むかしながらのおおなみみたいに
なんどでもなんどでも打ち寄せようとするのである

手から、手へ

やさしいちちと
やさしいははとのあいだにうまれた
おまえたちは
やさしい子だから
おまえたちは
不幸な生をあゆむのだろう
やさしいちちと
やさしいははから
やさしさだけをてわたされ
とまどいながら
石ころだらけな
けわしい道をあゆむのだろう

どんなにやさしいちちははも
おまえたちとは一緒に行けない
どこかへ
やがてはかえるのだから
やがてはかえってしまうのだから
たすけてやれない
なにひとつ
たすけてやれない
そこからは
たったひとり
まだあどけないいえがおにむかって
やさしいちちと
やさしいははとは
うちあけようもないのだけれど
いまはにおやかなその頬が瘦《こ》け
その澄んだ瞳《め》の凍りつく日がおとずれても
怯《ひる》んではならぬ

憎んではならぬ
悔いてはならぬ
やさしい子らよ
おぼえておき
やさしさは
このちちよりも
このははよりもとおくから
受け継がれてきた
ちまみれなばとんなのだから
てわたすときがくるまでは
けっしててばなしてはならぬ
まだあどけないえがおにむかって
うちあけようもないのだけれど
やさしいちちと
やさしいははとがちをわけた
やさしい子らよ
おぼえておき

やさしさを捨てたくなったり
どこかへ置いて行きたくなったり
またそうしなければあゆめないほど
そのやさしさがおもたくなったら
そのやさしさがくるしくなったら
そんなときには
ひかりのほうをむいていよ
いないいないばあ
おまえたちを
こころゆくまでえがおでいさせた
ひかりのほうをむいていよ
このちちよりも
このははよりもとおくから
射し込んでくる
一条の
ひかりから眼をそむけずにいよ

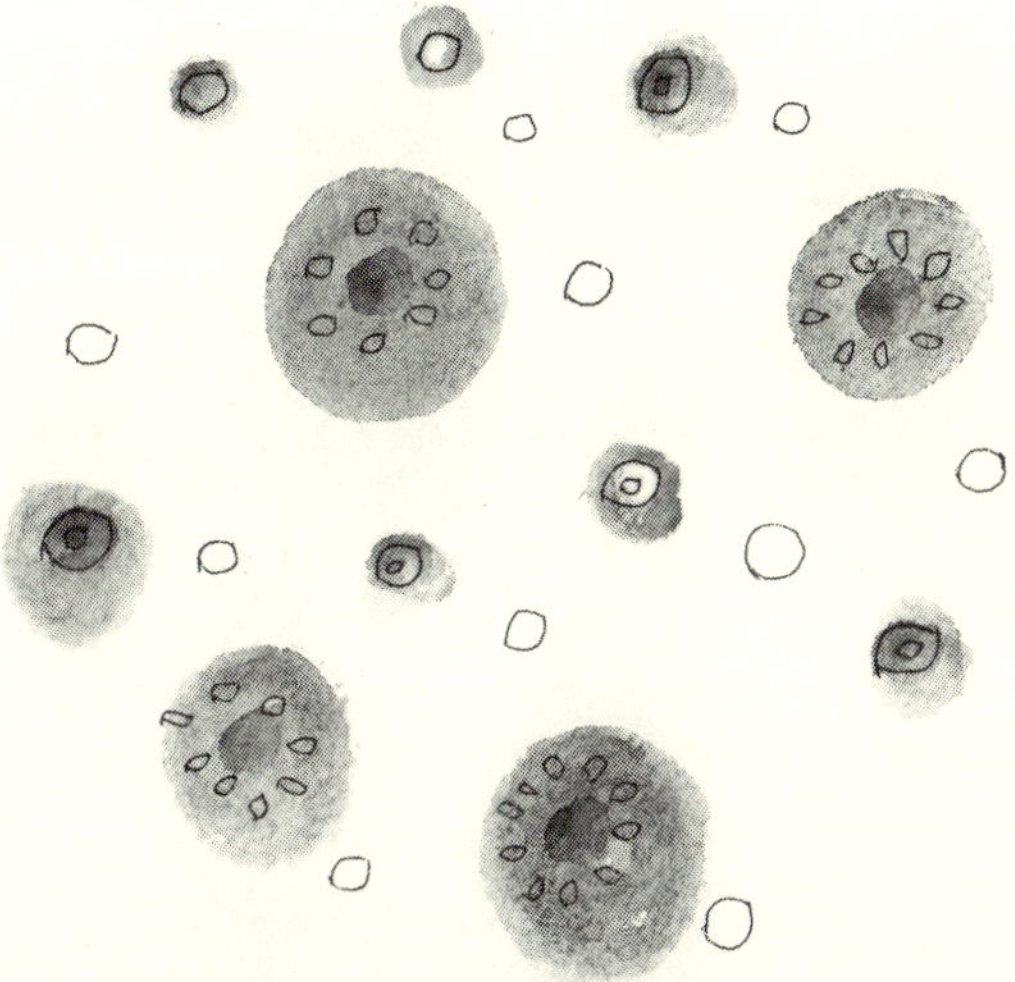

『晴夜』 1997

星々

むすこよおぼえておりますか
やわらかだったおまえたちと
泣きむしだったかあちゃんと
はじめてでかけた旅先での夜
とうちゃんはもううれしくてうれしくて
お酒を呑《の》んでまいあがって
かわるがわるかるがると
おまえたちかたぐるまして
旅館の外まで飛びだして
おおほいほい　おおほいほい
これは素敵な機関車だ
裾もはだけた浴衣《ゆかた》姿で

ふりむき嘲《あざけ》る人らを尻目に
温泉街の路地から路地へと
走りまわったものでしたね
最初のうちこそはしゃいでいた
おまえたちだんだんおとなしくなり
とうちゃん着いた？
まだ着かない？
その首根っこにしがみついて
おしまいころには可哀想に
かおあおざめておりましたね
こわかったんだね
ごめんね
怪我などさせずほんとによかった
いまにして
むねなでおろしているのだけれど
そのむねはもうはやしなび
かたはばも徐々にせばまり

父ははやすっかりおとろえ
いつのまにやらしらないところで
その子らはうつくしい少年となり
いつでもあんぐりくちあけて
みあげてくれたどんぐりまなこも
あとひといきかふたいきで
父の眼とおなじ高さになるんだな
おおほいほい　おおほいほい
とてももう
おまえたちをかたぐるまなどできやしない
これはもうだれがみたって
素敵な機関車なんかじゃないが
おまえたちよ
おぼえておおき
とうちゃんはますますおとろえ
やがては朽ちて
おまえたちの眼をきらきらみあげる

あたらしい星々の光がおまえたちへとどくころには
もうあとかたもない
かもしれないけれど
おまえたちよ
おぼえておおき
おおほいほい　おおほいほい
とうちゃんがあとかたもなくなったずうっとそのあと
おまえたちはまたあの号笛《フイツスル》を聞くだろう
おまえたちはまだあの首根っこにしがみついてたことをしるだろう
とうちゃんにすこしにているけぶかなものに
かたぐるまされてるおまえたちに気付くだろう
それはもうでもとうちゃんじゃない
けれどもやっぱりとうちゃんなんだ
けれどもそれはとうちゃんじゃない
おおほいほい　おおほいほい
おまえたちの子をかたぐるましたおまえたちをまたかたぐるましたとうちゃんをまたか
　たぐるました……

数珠《じゅず》つながりの夜通し運行
終点なんかどこにもないのだ
うれしくて
うれしくて
やむをえなくて
まわりはじめる
まわりつづける
まわりやまない夜行の灯火《あかり》——星々が
おまえたちをそっとみおろし
ウインクする
どこかみおぼえある眼差《まなざ》しが
おもいがけない幾重《いくえ》もの
幾重ものウインクをいちどに投げる

ほのほ

おやすみのあとふとんのなかで
ふざけてむすこをだきしめれば
おっぱいやおしっこのにおいにまじって
あかいひやあおいひがみえてくる
かたくめをとじだきしめれば
あおいひやきいろいひがみえてくる
だれが焚《た》くあれはほのほだろう
いくにんかのひとかげがくるまざになり
いくにんかのひとかげはほのほをかこみ
だれもがだまってみつめている
だれもがだまってみちたりている
どこにいるあれはひとかげだろう
おやすみのあと灯を消して
むすこをつよくだきしめれば
もうこのちちもははもみえない

だきしめているむすこもみえない
きのうもきょうもあしたもみえない
なんにもみえないまっくらのそのむこうから
もえているひがみえてくる
満天の星空の下
ぼくたちもまたくるまざにそっとくわわり
みしらぬひとかげと肩を寄せあい
おなじひをだまってみていた
むかしからそうしてきたとおり
いつまでもだまってみていた

少年

ことにもふかい夕映えの空の下には
ひとまちがおの少年が彳《た》っています

ぽつねんとひとりきり彳っています
少年のまえを
いくだいものバスが停まってはゆきすぎ
そのたびに
いくにんものちちたちが吐きだされてはゆきすぎ
空はひときわはなやぎをまし
おちこちに灯のともりだすころ
わびしげにかたぶいた標識に背《せ》凭《もた》れながら
少年はなお彳ちつくしているのです
いくだいものバスがむなしくゆきすぎ
そのたびに
いくにんもの少年がちちおやとなり
いくにんものちちたちが年老いては朽ち
いくたびもいくたびも月は盈《み》ちまた月は虧《か》け
けれどなお少年はそのばに彳ちつづけるのです
ゆきすぎるバスのあとから
ゆきすぎるちちたちのそのむこうから

ほおえみながら
てをふりながら
きっとこちらへ
ちかづいてくる

ことにもふかい夕映えの空の下には
ふかまりきはまるその空の真下には
ああぽつねんとひとり
だれかとよくにた少年が
まだ　彳っています

晴夜

ながれる雲を眼で追いながら
あなたのなまえを考えていた

空にはしろいまんげつがあり
かたえで妻はもう寝《やす》んでいた
微かに寝息もつたわってきた
雲はしらない馭者《ぎよしや》らのように
おもわぬ素顔を覗かせながら
あとからあとからとめどなく
どこかめざしてひたはしっていた
ぼくはビールの王冠《せん》を抜き
だまって空をみあげていた
ながれる雲の隙間《あわい》から
ふかいまなこもみえかくれして
微かに寝息のつたわってくる
妻のおなかは砂丘のようで
……しらじらと
砂丘はふくらみ
かがやいていた
かがやきながら

いきづいていた
……いっしんに
こちらめざして
ちかづいてくる
うみのものだか
やまのものだか
はかりしれない
あなたの
なまえ
空にもしろい月があり
月はなんだかはるかな遐《とお》くで
ぼくに眼配せしたようだった

半跏思惟

つまのねがおをまぢかにみながら
これがしにがおだったら
とおもう
しにがおもまたこのようだろうか
えんぎでもないことをおもう
たとえばこれがわらったり
ふくれてみたりおどけたり
かくしおおしてきたなにか
さらされて　いま
かがやくばかりうつくしく
眼をそらせさえできなくて
このひとときのぐうぜんに
泣きたいような生《せい》の温《ぬく》みに
おもわずくちづけ
してしまうのだが
もうぼくにさえわらいかけない
もうなにひとつかくしていない

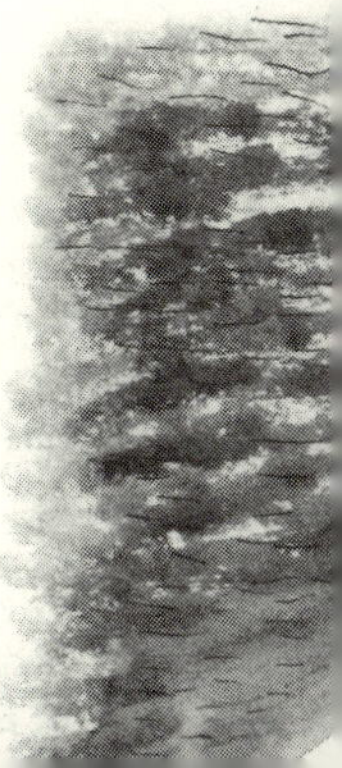

てのとどかないかおをみながら
ああほんとうは　このぼくは
こういうものとともにいたんだ
とおもう
こういうものが
たとえばつまのかおをして
こうしてそばに
と
なおもしげしげみつめていたら
ややあって
その半眼が微笑して
あくびまでして
いやあだみてたの
さあおきようっと
いつものように
ことりのように
とっとと床《とこ》から翔《と》び去ったのだ

とりのこされたぼくのなか
けっしてきえることのない
あの半跏思惟《はんかしい》のすがおをのこして

いきてるんです

よるになったら　くらくなる
それは自然の理というもので
くらくなったら　われさきに
だれもねぐらへかえってゆく
それは自然の理というもので
われもまた
わがやとおぼしき戸口まで
あしをひきずりもどってくると
よるのくらさのふかまりのなか

そこだけほのかにあかるんでいて
少年がひとり彳《た》っている
こんな時間に
なにしてるんだとたずねると
おてつだいだかおでむかえだか
なんだかごぼごぼむにゃむにゃと
はにかみながらくちごもるのだが
ぼくはびっくりしてしまうのだ
ぼくによくにたその少年は
よびとめられてふりかえるなり
いきてるんです
たしかなこえで
こたえたような気がしたからだ
いきてるんです
たしかにそんなこえがしたのだ
よるになったら
くらくなったら

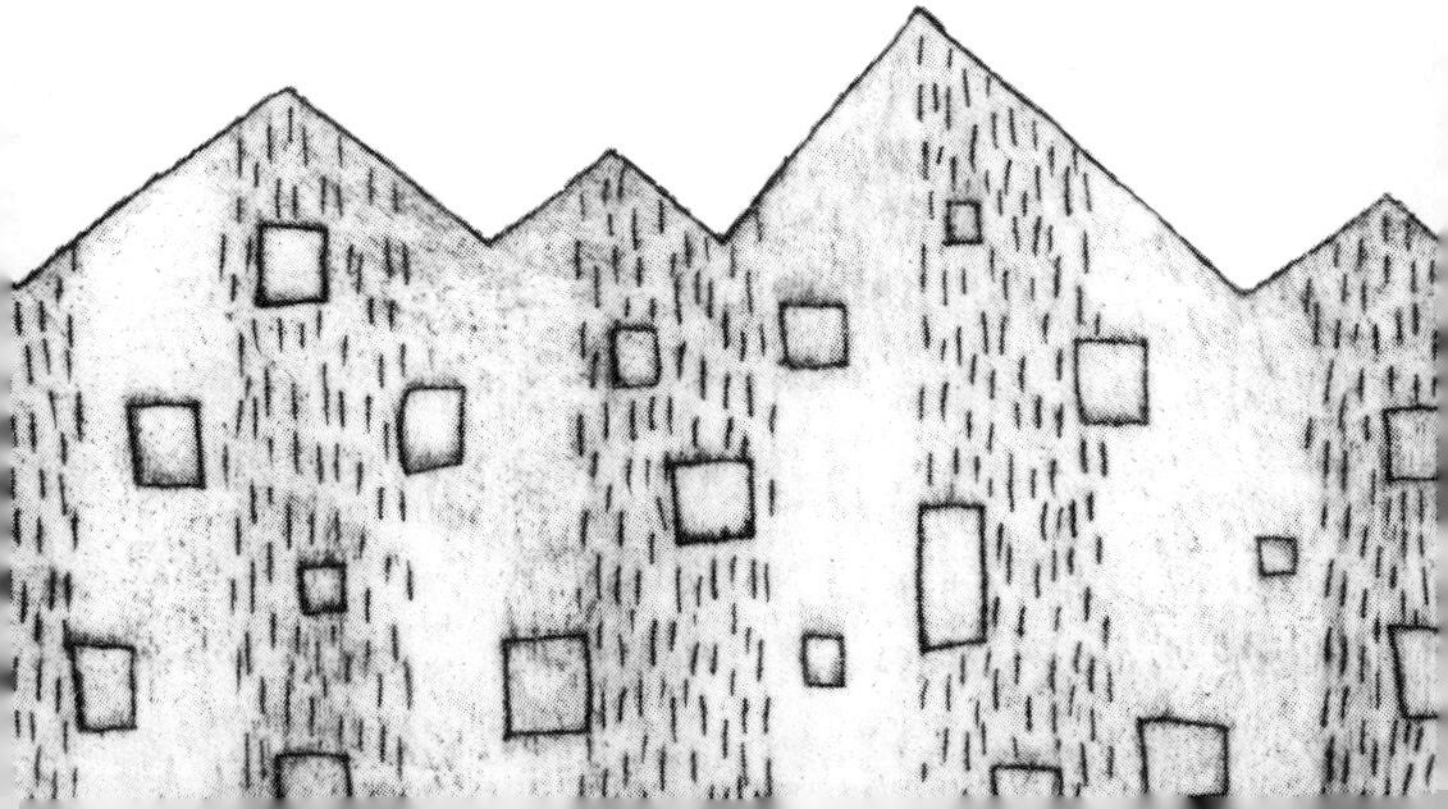

だれもどこかへ
かえってしまい
それも理というやつなのだろうが
わがやとおぼしき
まどに灯ともり
さびしき
いとしき
ものおとはして
ほのかにあかるむひとところ
よるのくらさにかききえそうな
そのひとところ
たちさりがたく
しばらくだまって彳っている
ぼくににた少年とこのぼくと
かたをならべて
彳っているのだ

ナニゴトノ不思議ナケレド

ええ、すこうし変わったおうちでしたよ。どこからかふらりとやってこられたかんじでしたしね。ご主人だってなにやってらっしゃるのかわからないようなかたでしたから。でもね、とっても仲の良いおうちでしてね、可愛らしい男のお子さんがふたりいて、ちかくのバス停でならんでお父さんの帰りを待ってましたよ。……

ええ、いつもご一緒でねえ、肩すぼめているようなおうちでしたよ。年中雨戸を閉《た》ててらしたけれど、花の時季とかには……ああ、そうそう、いつだったか月の綺麗な夜、ものおとがするのでおだいどこの小窓からそうっと覗いてみましたらね、お宅の雨戸がはんぶんだけ開《あ》いてましてね、あのご家族が、ええ、ぼっちゃんふたりと子どもみたいな奥さんとご主人とがね、肩ならべて月をながめているんですよ。みなさんそれはもううっとりとしちゃいましてねえ。だまってみてるのわるい気がして、あたし、いそいで窓閉めちゃいましたけど、あのお宅んなか、いっぱいお花が咲いてるんですね。……真夜中のことでしたしね、あたし、寝惚《ねぼ》けてたのかもしれないんだけど、月ながめてたあのご家族ねえ、なんだか、お花畑に坐《すわ》ってらっしゃるようだった。……

あんなに仲良かったのにねえ、あのご主人、ひとりでおくにへ帰ったきりなんですってよ。いったいなにがあったんですかねえ。おおきなお世話でしょうけど、お子さんたちまだあんなおちいさいし、奥さん、たいへんよねえ。あんまりじゃありませんか。それでなくっても、くらすのおともだちんちのなかでいちばんちっちゃいおうちだなんて、そんなこと言うもんじゃありませんって、うちの子叱ってやりましたけど。……こないだなんか奥さんと道で会ったとき、あなた、どうなさるおつもりって、ああんなこと聞くんじゃなかった、あたし、後悔してるんですけど、そしたらね、主人も帰りたくて帰ったわけじゃないんです、そう仰《おつしや》るんですよ。なにかよほどのわけがおありだったんでしょうね。ひとんちのことにあんまりくびっつこむのもあれだとおもって、あたし、もうそれ以上はなんにも聞きませんでした。そしたらね、あの奥さんたら、私たちもいつかはくにに帰ることですからって、お月見でもするようなはれがましい眼付きなんですよ。大丈夫なのかしらねえ、あのご家族。……

この辺もいまじゃおおきなビルが立て込んできましてね。自動車だらけですものね。あんなにどっさり花も実もつけた木々は綺麗さっぱり伐り払われて、小鳥さえもうここには寄りつかないし、だいいち、いなくなっちゃったしねえ。子どもらだって、塾やらなにやら夜になっても帰ってこないし、主人はいつだって帰ってきやしないし、あたしだって、好きでこんなところに住んでるわけじゃ。……

ところで、遺されたあのご家族は。

ええ、それがね、まだあそこにいらっしゃるんですよ。あんなことになって、もうお月見やお花見どころじゃないんでしょうけどね。でも、こないだなんかも奥さんおせんたくもの取り込んでらしたから、そうっと覗いてみましたらね、あのお宅んなか、やっぱりお花がいっぱい咲いてて、お花畑みたいでねえ、あなた、なんだか、みたこともないような、それはおおきなあかんぼがひとり、すやすや寝てるじゃありませんか。……

ごえん

あけがた夢をみたとおもって
めをさましたら
鳴いている
みみなれない鳴きごえがする

夢のつづきにいるんだろうか
ねぼけまなこできききみみたてると
女房なのだ
ごえん
ごええん
隣で背中を向けている
女房がひどくうなされてるのだ
なんなんだろう
ごえんとは
五円のことか?
御縁のことか?
いや
そうじゃない
ごめん
ごめんだ
女房はしきりに詫《わ》びているのだ
そういえば

花束やケーキの代わりの
抱え切れないおみやげを
憂《う》さをどっさり抱えて帰り
おまえのまえへぶちまけては
おまえをさんざんあやまらせてきた
さんざんおまえをくるしませてきた
化粧気も花一輪もないいつかのまの
おまえは夢のなかでさえ
なおもしきりに詫びているのだ
ゆりおこしかけてためらって
女房の背中をしばらくみていた
ぱじゃまのえりのほつれている
女房の背中をだまってみていた
慙愧《ざんき》すべきはぼくだったのだ
出掛けの朝に
おい、ごえん
ブッキラボーにそう言うと

なによそれ
ともう素っ気ない
べんとう包みを差し出しながら
さっさと仕事に行っておしまい
まけずおとらずブッキラボーに
そう言わんばかりな女房の掌から
べんとう包みを受け取りながら
おい、ごえん
もういちど
こんどはむごんで
こころのそこから

ふとん

新婚当初
妻が寝入ると
つないでいた手をこっそりほどき
ぼくはじぶんのふとんでねむった
じぶんのふとんを抱いてねむった
妻の手よりもその胸よりも
やわらかくまたむしあつく
ふとんはとおいだれかににていた
だれかに抱かれてねむっていると
くらいほしや
くらいつきや
くらいよるのうみがみえた
くらいいのりのうたがきこえた
いまでは妻の手をにぎり
いまではつなぎあった手を

ほどくことなくねむってしまうと
くらいほしも
くらいつきも
くらいよるのうみもみえない
やさしくくらいいのりのうたを
うたってくれたあのひとが
だれだったのか
どこへ失せたか
抜け殻かまたなきがらめいた
ふとんはかたえにおしやられ
あれから十年
腕のなかから
かすかに寝息のつたわってくる
おまえを抱いてねむっていると
雨後ののはらへでてきたような
しらない匂いでいっぱいなのだ
いまみひらかれためのような

しらない虹の匂いがするのだ
(やっとおまえに)
(であえたんだな)
ひとりぼっちの
ふたりっきりよ

なんにもない

出掛けの朝
きょうはなんにもないからね
妻にいわれた
小学校のおとうばんも
少年野球の麦茶運びも
ひとりでみつけたパートの仕事も
きょうはなんにもないからね

といわれた
なんにもない
妻がわらって
なんにもない
息子たちがにこにこわらって
なんにもない
ぼくのかえりをまっている
日日をおもった
なんにもない
日日の明け暮れ
とはいえ
日に日になにかはさしせまり
それがいまではやまのよう
なのに
あのころは
なんにもなかった
あのころよりももっととおくは

もっとなんにも
そうおもった
出掛けの朝
とおくの
きいろい
ひだまりを
ぼんやり
みていた
おまえたちと
ではなかった
ぼくひとりで
でもなかった
なんにも
なかった

ふしぎなかぜが

やがてついえるにくたいと
やがてついえるにくたいが
なかよくならんであおむいて
いつまでたってもねつかれない
やがてついえるこのちちと
やがてついえるこのははは
かわいいねいきをもうたてている
おまえたちだけかんがえながら
なかよくならんであおむいて
やぶれうちわをつかっている
やぶれうちわをつかっていると
くらやみのそのどこいらからか
ふしぎなふしぎなかぜがくる
だれがはくいきなんだろう
いつかついえたにくたいと

いつかついえたにくたいの
るいるいとかさなりつらなるかなたから
なにごとか
ささやくようにかぜがくるのだ

河童《かっぱ》

東京で生まれ育った
むすこらを
故郷の海でおよがせている
むすこらはもうすっかり長じ
むかしみたいに先をきそって
この手を引きにくることもなく
出番をなくした父親は
なすすべもなく海をみている

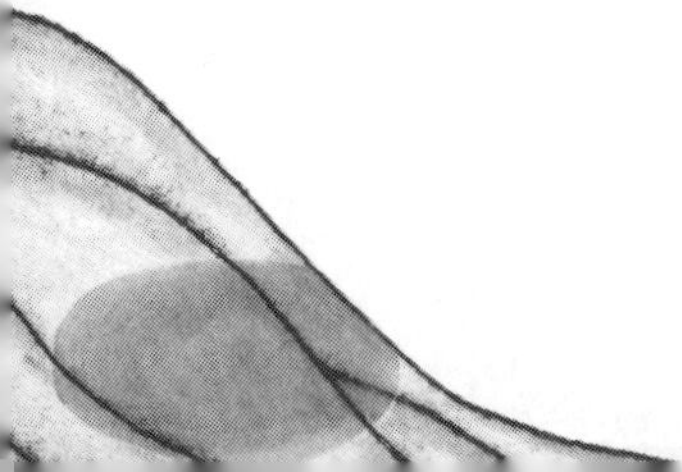

ひとりで海をながめている
と
あおあおと寄せては返し
また炎《も》えあがり炎えおちる
なみうちぎわのなみのさなかに
たしかどこかでみたことのある
あのいきものが浮游《ふゆう》している
とっくにいなくなったというが
おもわぬところにいるもんだなあ
感心したり
訝《いぶか》しんだり
していると
かろうじて
直立をしたそのいきものは
鹹水《かんすい》をしたたらせながら
青息吐息
歩行してきて

わたしのそばで大の字に
伸びてしまった
可哀想に
お皿が乾いているんだな
のぞきこんでみたそのかおは
まさしくわたしのおさながお
まぎれもないこれはわたしの
およぎつかれたむすこども
だが
夢とうつつのあわいをぬうて
故郷と異境のあわいをぬうて
あんなところで浮游していた
あのいきものはどこへ失せたか
帰り着く地はあったんだろうか
あおあおと寄せては返し
また炎えあがり炎えおちる
故郷の海に

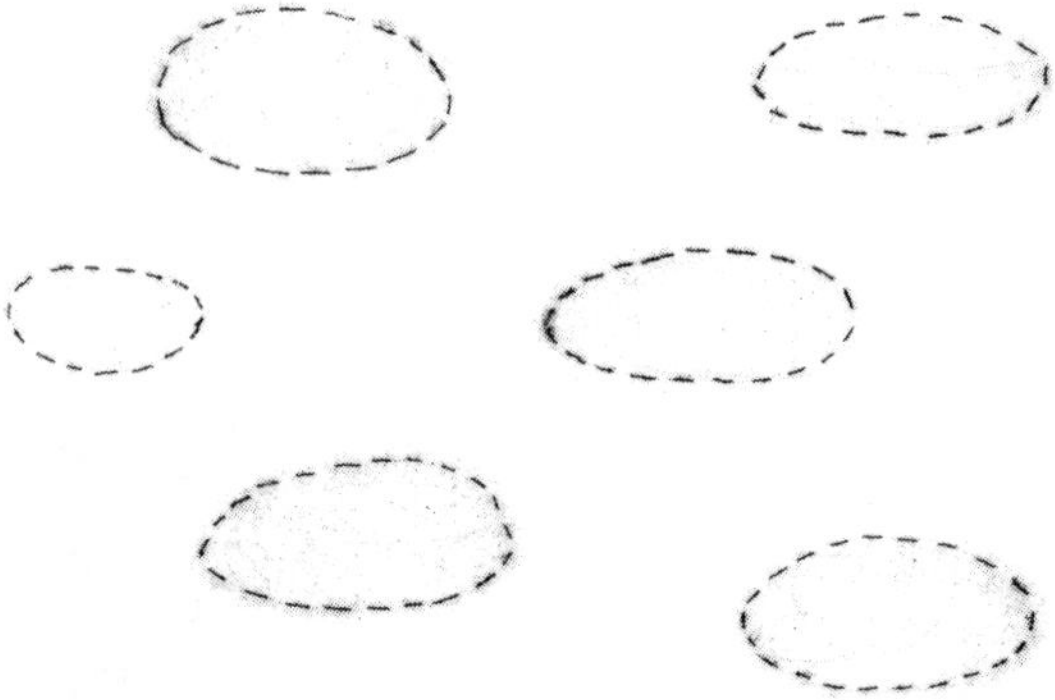

頭《こうべ》を垂れて

あなたのことなら

ぼくの先祖のとおいだれかは
実直な
心根《こころね》のごくやさしいおとこで
それなのに　いや
それだからこそ
過去のどこかで
なんだかおおくのまちがいを
たびかさねたのではあるまいか
良い齢《とし》をして
泣きながら
たちぐいうどんをほおばりながら

とうとつに　ぼくはそうおもう
なにが悲しゅうてこんな時間に
ひとめしのんでひとりっきりで
さいごのつゆまでのみほすのか
なんでこんなになさけないのか
そうおもいながら
あたりをみやると
飯台の木目《もくめ》も霞《かす》むはるかかなたで
泣きながら
とおいだれかも
うどんに七味をふりかけるのだ
なんだかおおくの
まちがいとはなんだったのか
こえかけて聞くわけにもゆかず
てがかりさえもうどこにもないし
なんだかおおくの
まちがいもろとも

闇から闇へ
いまはもうあとかたもないあなたの
人生
ほんとうは
いたかどうかもわからない
あなたをぼくはしっています
ささえられるだけささえてきた
うまいはなしはひとつもなかった
泣きながら
さいごのつゆまでのみほしてきた
なさけなかった
ぼくはあなたをしっています
こんなにも
ああしっています

一枚の葉書

私の唯一の硝子戸付き書架の薄暗い一隅に、その葉書は鎮座している。時々、それをじっと見詰める。見詰めながら、私はたまらなく申し訳なく恥ずかしい思いで一杯になってしまう。それは私が祖母からもらった一枚の葉書だ。かれこれ二十年も昔、両親の反対を押し切って私が東京で就職したばかりの頃、故郷の祖母からどっさり届いた葉書の中から私に遺された、それはたった一枚きりの葉書なのだ。

その当時、私は大学卒業後も故郷へは戻らず、小菅《こすげ》刑務所の塀の見えるひびわれた木造モルタルアパートの二階で生活していた。台所もトイレもない六畳一間暮らし、それで充分だった。もちろん私は独身で、結婚など考えたこともなかった。自分独りがかろうじて食べて行けさえすればよかった。詩を書いてさえいられればそれでよかった。この部屋にて、この部屋から、私は前人未踏の莫大な詩群を産み出してゆくつもりだった。希望は胸に高鳴っていた。

私は誰が何と言おうと故郷へは帰らないつもりだったし、また、それだけの理由も覚悟もあった。恐らく、私は遅蒔《おそま》きながらも〈乳離れ〉を果たしたかったのだと思う。両親や祖父母や御先祖までから溺愛され続けてきた〈一族のタマノオノコ〉は、漸《ようや》く、オンブやダッコから下ろしてくれ、この足だけで歩かせてくれ、とむずかりもがき始めたのだと思う。恐るべき、晩生《おくて》であった。だからこそ、その〈乳離れ願望〉もまた一筋縄には行かなかったのだと思う。

見ちゃいられないそのような当時の私へ宛てて、両親や祖母から日を置かず手紙や葉書が舞い込んできた。初めのうちこそ帰省を懇願する内容だったそれらは、やがて、粉骨砕身の覚悟で、でも、身体《からだ》だけは大切に、という深い溜め息を隠したものへ変わって行ったと思う。私はそれらを一瞥《いちべつ》したりしなかったり、仕舞って置くこともなく、平気で他のごみと一緒に捨てていたのだけれど、いつからか、私はそれらへ眼もくれずに汲《く》み取り式の便槽《べんそう》めがけ粉々に破り捨ててしまうようになったのだ。

私はそれらを完膚なきまで自分と切り離したかったのだと思う。他のいかなる方法でも自分には納得が行かなかったのだと思う。故郷とのへその緒を断つためには、そのように愚かな手段以外に思い付くことが出来なかったのだと思う。何か強迫的な、ワラヲモツカムいきおいで私はそれらを引き裂き続けた。そして、つぎつぎに便槽めがけ放り捨てて行ったのだった。

ところで、その部屋から産み出されるはずだった前人未踏の莫大な詩群への夢など叶うべくもなかった。故郷も捨てる覚悟で立ち向かった〈東京〉での赤の他人達とまったく相容《あいい》れることの出来ない己の性格を持て余し、四六時中脂汗を流している私はガマガエルと変わるところがなかった。数少ない友人達もそのような私に愛想を尽かして去って行き、出口も入口も見えない窒息酸欠状態の暫《しばら》く続いていたある早朝、ひとつの事件が持ち上がったのだった。

その時刻まで独りであちこちと呑み歩き、疲れ果てて帰ってきた私の眼に、何か、異様なものが映ったのだ。私の棲《す》むアパートではない。狭い通路を隔てて隣接する同形のアパートの二階、私の部屋のすぐ向かいの見慣れた窓がやや開いていて、そこにその異様なものがぶらさがっている。いっぺんに酔いの醒める思いで見上げていた。あれはなんだろう。赤いタオルか？　いや、そうじゃない。真っ赤にぐっしょり濡れたタオルだ。窓際の外壁までホースで撒《ま》き散らしたようにその赤いものでまだ濡れている。しかも、蠅《はえ》までたかっている。血だ。これは尋常ではない。どうしよう。周囲にはまだ出勤の人影もない。私は自分の棲むアパートを周旋してくれた不動産屋を思い出し、公衆電話を掛けに走った。救急車とパトカーがすぐにやってきた。

その部屋の住人は、妻子と別居を已《や》むなくされた強度のアルコール依存症患者で、長年内臓を病んでいたのが、その前日の夜遅く、医師やら何やらからかたく禁じられていた飲酒による猛烈な吐血。部屋に戻り、窓をやや開いて見下ろしていると、担架に仰向けに寝かされ運び出されて行くその顔面蒼白《そうはく》の眼と自分の眼が合ったような気がした。その後一ケ月を待たずに東京での甘い生活を畳み、私は尻尾を巻いて故郷へ逃げ帰ってしまったのだった。

故郷では一年余り港湾労働者の端くれとして穀物袋を背負ったりしていたが、またぞろ上京。もとの職場への復帰はもちろんならず、日銭かせぎの日々。転居、転職を重ねる間、考えたこともなかった結婚を果たし、二人の息子にまで恵まれ、まがりなりにも「定職」を得、家庭と職場との往復を度重ねてもう十余年。気が付けば、前人未踏の莫大な詩群への夢は完膚なきまでについえ、しかし、なお己を差し招いて止むことのない〈逃げて行く尻尾〉のような〈詩〉への憧れがくすぶり続け、希望は胸に高鳴り続け、妻を喜ばせることよりも苦しめることのほうがはるかに多く――。

そんな昨今、掃除していた押入れの奥から、思い掛けず、祖母からもらったあの時の葉書が一枚ひょっこり出てきたのだった。大切に仕舞って置いたわけでは決してない。ことごとく破り捨てたはずの葉書が何故《なぜ》一枚、しかも、幾度もの無残な転居を繰り返してきた私の現在に遺されたのか、わからない。ついてきてくれた、としか思えないのだ。

十五年前、祖母は私が再上京をした直後に亡くなっている。当時眼もくれなかったその祖母からの突然の葉書をむさぼるように私は読んだ。繰り返し読んだ。その一枚のすでに色褪《あ》せた葉書に記されたカタカナはただたどしく、たよりなく、かすかにふるえ、しかし、字を書くことも滅多になかった晩年の祖母が、エンピツをとり、エンピツを握りしめ、東京でフラフラしているその孫へ、なんとしてでも書き伝えようとする渾身《こんしん》がそこにはあった。

マサキサン　オタンジヨウ、オイワイシマシタ　トウサントカアサンデ。ガンバレ、セツド。ト　シヨクム　健康祈リマス。

私は、あの当時からおおよそ二十年をかけて、初めてこの葉書に触れることが出来たのだと思う。この葉書は、祖母の手で投函《とうかん》された時から、祖母の死や、私達の結婚や、息子らの成長さえも経て、ながい、ながい歳月を経て、祖母から孫へ、漸く手渡された一枚の葉書だったのだ。

『月下の一群』1999

こもれび

てあしからませむすこらと
ふざけていればおもいだす
あの樹上のころ
ねてもさめてもからだはどこか
きまっておたがいふれあっていた
あのぬくもりを
あれはどういう日日だったのか
どういう生の日日だったのか
捕食されまた捕食した
死の影はいつもちらちらしたけれど
こもれびみたいなものだった
詩も信仰もなかったけれど

死ぬこともまた生きることも
こもれびみたいによくわかっていた
こもれびみたいによくわらっていた
あれはどういう日日だったのか
どんないのちの連鎖だったか
頭上はしたたるばかりにあおく
ぬくもりはたえずかよいあってた
あの樹上のころ

夕照《せきしょう》

どろんこあしのむすこらが
ならんでつくえにむかっている
えんぴつがしずかなおとをたてている
もうしまらないふすまのむこう

家計簿をまだにらんでいるつま
夕餉をかこむそれまでを
おもいおもいにすごしている
蜜よりあかるく澄んだひととき
ぼくは窓辺にはらばって
夕映えのするうみをみている
なみひとつなく凪《な》ぎ止《や》んだ
しらないうみをひとりみている

月光

おさないむすこたちをおもう
いつのまにやら失せてしまった
おさないあのものたちをおもう
あのものたちのつれさった

ほがらかなわかいちちははをおもう
にどとあえないあのものたちの
歓声がとおくとおく月光のように
差し込んでいる休日の午後
あるものは目尻にすこし小皺をふやし
またあるものは
いよいよすくすくてあしをのばし
おもいおもいのなりをしながら
ぼくのまぢかにいるのだけれど
こうしてここに
いるのだけれど

窓

ああまよなか
たったひとりでめざめていると
まどいっぱいのかげなのだ
つまのはわせたあさがおに
つきのひかりがさしているのだ
つきのひかりがさしているのだ
このやすらかなやみのさなかを
もううまいするつまやこら
ぼくのおわりにのこされた
たったひとつのちいさなまどに
つきのひかりがさしているのだ
つきのひかりがさしているのだ

手

よるおそく
めをとじていて
さめていて
てをさしのばせば
あたたかい
ふとんではない
てがあって
そのてをにぎってはなさない
ぼくはおさないこどものように
もううれしくてしかたないのだ
あしたのあさもはやいのだから
そのあさがじきくるのだから
ねむらなければならないのだが
かつてはやみのはてしなかった
どこまでもひとりきりだった

やみのどこかに
いつからか
つぼみみたいにほころんでいた
このぬくもりがうれしくて
やもたてもたまらないほど
うれしくて
いつまでもてをにぎっている
にぎりなおしてみたりしている

木の花

きはそらのよう
みとれてしまう
ひまなんじゃないといわれても
みあきることがないんです

まいあさバスをまっているとき
みけんにしわよせひとたちと
しゃちほこばってたっているとき
おもいおもいのなりをして
あらんかぎりにのびをして
しげしげこちらにみとれている
きぎのめとめがあったりすると
もうふきだしたくなるんです
このまににちいさくみえかくれする
きのはなみたいにみえかくれする
さっきてをふりおくってくれた
せんたくものをはこぶすがたが
やけにかれんにほころぶんです

春野

こまぎれのスキヤキかこんで
みんないっしょにテレビみて
ひをけしてねた
よるおそく
なごりおしくて
ひとこえおいとよびかければ
ややあって
あちらこちらでこたえがある
ねむそうなこえ
またそうでもないこえがする
いいもんだなあ
あなたこなたで
萌芽《ほうが》する
なもないのばな
はるののようにあかるいよふけを

ゆくもの
くるもの
ひとつやみのなか

きのこ

あおい　きのこ
きいろい　きのこ
あめにぬれてる　きのこたち
あのひとたちは
つちからうまれたひとたちだから
やがてはつちへかえるのだけれど
やがてはかえるそのときまでを
よろこびいさむこともなく
なげきかなしむこともなく

こんなところでひとしれず
ほのかにひかりをたもつひとたち
あめにぬれてる　きのこたち
おおきい　きのこ
ちいさい　きのこ

月光仮面

どこのだれかはしらないけれど
いくじなしだしかいしょなし
ただのんべえなばかりのぼくを
これまでよくぞいかしてくれた
ありがとう
いよいよにきびまんかいの
ねがおをまぢかにみおろしながら

あのひとのことをおもっている
あんなになかよしだったのに
（いまでもなかよしだけれども）
ぼくのしらないかおでねている
てのとどかないねがおのむこうに
どんなあしたがひらけているのか
おまえはおまえをどんどんわすれ
おまえをそだてたつちさえわすれ
うつくしくまたひややかに
羽化しつづけてゆくのだろうが
おいてきぼりをくらったぼくは
おまえのねがおをみおろしながら
あのひとをまだおもっている
どこのだれかはしらないけれど
はやてのようにさってゆく
まばゆいえがおにもういちど
もういちどただあいたくて

古いノート

故郷の家のどこかには
ふるいノートがのこっています
ふるいノートのどこかには
ふるい詩篇もねむっています
たどたどしい字の詩篇です
故郷の家をあとにして
ずいぶん時がたちました
ノートへなんども月光は差し
なんどもなんども陽が当たり
ノートはすっかりいろあせて
みかんいろしたほしのよう
もうひらかれないノートです
ゆきふるような　ノートです

ゆすらんめ

はじめてかぞくとたびしたよるの
はじめてかぞくとまったやどの
においをなにかにたとえるならば
ゆすらんめ
うえのむすこはまだちいさくて
したのむすこはまだおなかにいて
みんなそろっておふろにはいって
みんなそろってそわそわしながら
おさしみのあるおぜんのことや
ふかふかとしたふとんのことを
みんなだまってゆめみていた
みんなだまってゆにしずんでいた

まどのそとにはつきがでていて
おおきなしろいつきがでていて
（それからぼくらはどうしたかしら）
とおくかすかににおっている
ゆすらんめ
（ゆすらんめとはなんだったかしら）

ひだまり

ぼくのはたらくほんやのちかく
ぱんやのかどのひだまりに
とけこみそうな
きえいりそうな
このうえもないえみをうかべて
あなたはぼくをまっていました

あかちゃんがね
できたらしいの
あなたがぼくにそうつげてから
もう十余年たちました
あかちゃんははや十余歳
となりのふとんでねむっています
あなたはすこしこじわをふやし
ぼくもしらがをふやしましたが
ほんやのちかくのぱんやのかどに
もうひだまりはありません
あかちゃんがね
できたらしいの
あのささやきをみみにしてから
あのささやきをくちにしてから
はや十余年たちました
ひとがうまれるまえのことです

遠足

あなたはやはりさきにきていて
まっかなほおでたっていました
かわいいリュックサックのなかには
あさはやくからよういした
かわいいおべんとうがにこ
まばゆいそらややまなみや
ならんではしをつかっている
ぼくらもつまっていましたが
リュックせおったあなたをおいて
ぼくはよごれたのれんをくぐり
さんざんよいつぶれたあげく
どこをどうあるいてきたのか
きがつけばみしらぬわがやで

みしらぬわがこもふたりいて
あなたはやはりさきにきていて
かわいいリュックサックのなかの
かわいいおべんとうのしわ
まばゆいそらややまなみのしわ
ぼくのしわまで
だまってのばしているのです
だまって
あかるいほおをして

牽牛《けんぎゅう》

幾百万の山河を渉《わた》り
幾千万の別離を連ね
幾億万の巡礼の果て

あなたにやっと会えるのだから
こんやあなたに会えるのだから
タイムカードをいそいそと押し
いまがわやきのつつみをかかえ
そのぬくもりとおもたさを
こわきにかかえ
星間よりもかすかな夜道を
ぼくはひとりでかけもどるのだ
幾百万の山河を渉り
幾千万の眠りを眠り
幾億万の巡礼の果て
あなたがぼくをまっている
星々よりもかすかなあかり
たったひとつのあかりのほうへ
こんやもひとり

あなたへはやく

こんなところにいることだとか
こんなことしていることだとか
あなたへはやくつげたくて
あなたのことをおもいだせない
どんなにたのしかったかだとか
どんなにかなしかったかだとか
あなたへつげたいばっかりに
こんなにとおくやってきたのに
あなたがだれかおもいだせない
いつのまにやらこのぼくは
あなたへもどるすべもわすれて
こんなとおくにすみついたきり
なんだかそんなにたのしくもなく

そうかといってかなしくもなく
それをつげたいだれもいなくて
ぼんやりひざをかかえるばかり
はやくおかえり
しんぱいそうな
そらみみがそうささやくたびに
おっかなびっくりみあげるものの
あなたのかおもおもいだせない
あなたにあわせるかおもないから
ぼんやりとまだ
ひざをかかえて

サザエさんの星

おげんきですかサザエさん
そのごおかわりないですか
かっちんこっちんブランコこいで
さんじのおやつをまちわびていた
ワカメちゃん
御尊父御母堂恙《つつが》なしや
おかげさまにて当方も
いよいよげんき
いよいよはやいのりものだとか
いよいよたかいたてものだとか
いよいよとざすこどもらだとか
ステキな時代になりました
アッというまのことでした
おみごとのほかありません
月も火星もしりつくされて

おだんごそなえるひともない
おつきさまなどどこにもいない
卯ノ花ノ匂ウ垣根も
田中ノ小《コ》路《ミチ》ヲ辿《タド》ル人も
もうどこにもない
どこにもいない
これがぼくらの
のぞんだほしです
サザエさん
あんまりここはあかるくて
あなたがよくみえないのだけれど
すすきかざっておだんごそなえて
あなたはながめておいででしょうか
こんやもしずしずはいあがってくる
あのうつくしい
ぼくらのほしを

生家

すごい年月帰ってなかった
生家へ帰る夢をよくみる
（まいとしちゃんと帰っているのに）
すごい年月会ってなかった
生母に出会う夢をよくみる
（ぼくにはちゃんとははがいるのに）
路地はぬかるみわだちのあとも
あの日のまんまうずまいていて
くろぐろしめった櫺子《れんじ》のむこう
表札の名もあの日のまんま
おもいだせない名が刻まれていて
（ぼくにはちゃんと氏名があるのに）
木戸をあけると涼しいおとが
涼しい鈴《りん》の鳴るおとがして

なつかしいその闇の奥から
菜箸の冷えた匂いがしてくる
ぼくはいつころあそこにいたのか
そうしていつからここにいるのか
だれにもつげずあそこから
どうして出奔してしまったのか
なんにもおぼえていないのに
おつかいがえりをむかえるような
ああおかえりと呼ぶこえに
たただいまとこたえている
うすぐらい路地の入りぐち
そこをくぐれば
わだちのあともあの日のまんま
ぼくの生家がまだのこっていて
おもいだせない名のむこうがわ
ぼくをまってる
まだみんないて

水陽炎《みずかげろう》

まんかいのつつじの根方　（いつものように）
ちちがしゃがんでいます　（いつものように）
草をむしっているのです　（いつものように）
さんさんと陽が差しています　（いつものように）
とうちゃんとあなたをよべば　（いつものように）
あなたはぼくをふりかえり　（いつものように）
ぼくのなをよんでくれます　（いつものように）
さんさんと陽が差しています

とうちゃんはもうおりません。

わたしのバスは

わたしのバスはくらい夜道を
いつもひとりではしります
さびしいあかりをつけてはいても
車内はいつももぬけのからで
運転手さえみあたらない
さびしいあかりはくらい夜道を
夜道につづくくらい夜空を
ほそぼそてらしているのです
いつしか白髪のふえてしまった
頭《こうべ》をしだいにひくくして
わたしのバスはくらい夜道を
それでもうたってはしります
わたしがうまれたふるさとのうた
わたしがあそんだのやまのうたを

すずなりだったあのころのよう
ときにはすこしおおきなこえで
そしてあたりをそっとみまわし
かおあからめたりもするのです

瀧《たき》

つまとふたりでいるときも
ぼくはひとりで
たきのねがする
だれもがみんないきていて
だれもいない日
陽のてる日
ちちとさいごに会った日も
むすこにヒゲの生えた日も

だれもがみんないきていて
だれもどこにもいない日は
もっとひとりになりたくて
もっとだれかに会いたくて
よく陽のあたるしずかなみちを
いまもひとりで
たきのねがする

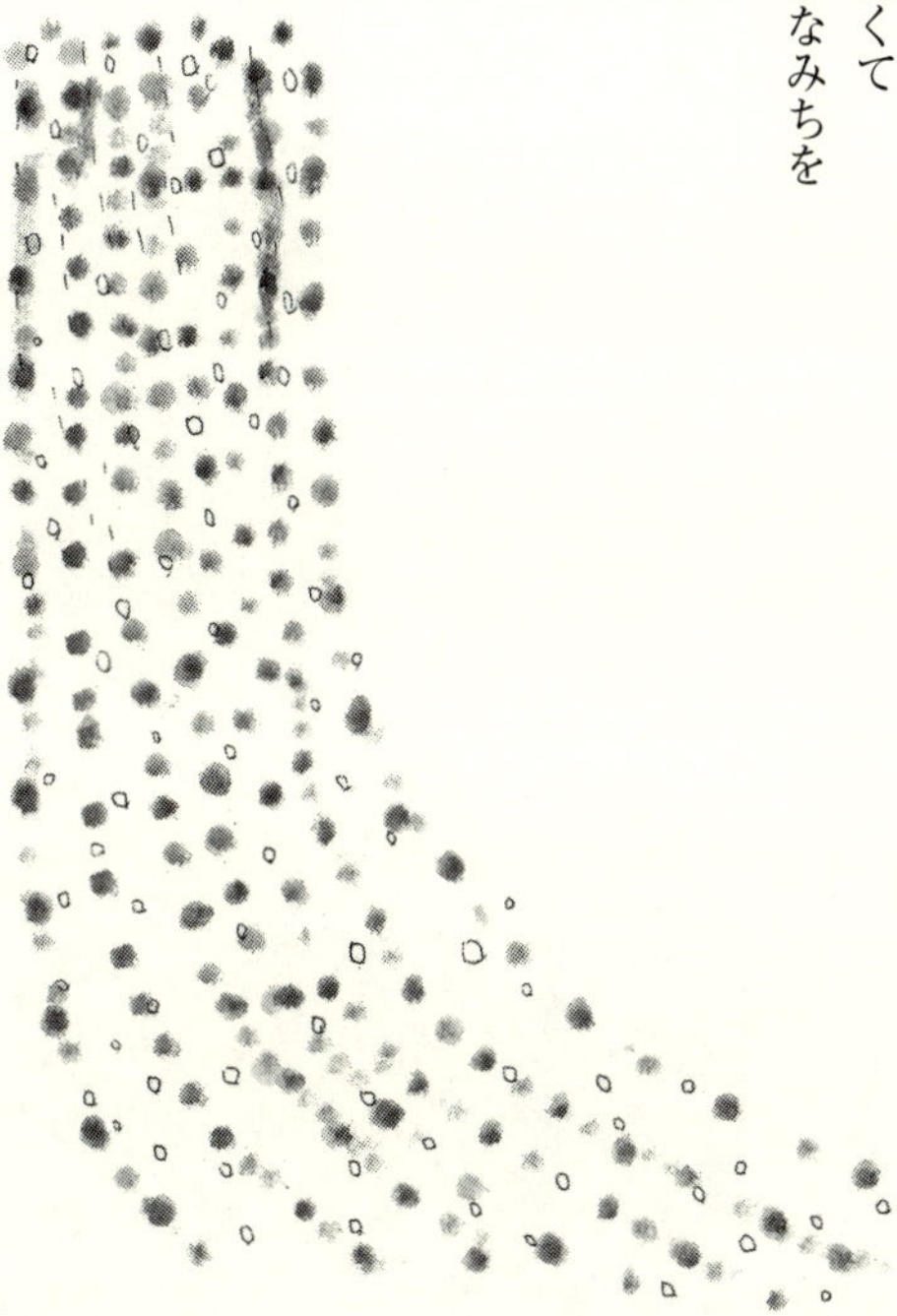

『一輪《いちりん》』　2003

今朝

わたしがたっているここは
だれもしらないどこかです
わたしがたっているいまは
だれもしらないいつかです
いまにもあめがふりそうで
けれどときどきひもさして
しきりにとりがないていて
わたしがバスをまっている
けさはいつものあさなのに
わたしがひとりたっている
だれもしらないわたしです

一輪

故郷の家の母屋《おもや》の奥の
そのまた奥のひだまりに
わたしはいまも
ひとりねむっているのです
かすかに蜜のにおいがし
かすかにかすかに羽音がし
かすかに蕊《しべ》がゆれている
ほかにはなにもありません
みんなおわったことだから
ここにはだれもおりません
わたしはひとりめをとじて
都会のつまやこらのこと
つまやこといるわたしのことを

ゆめみていたりするのです
ゆめをみながら
なみだぐんだりするのです
故郷の家の母屋の奥の
そのまた奥のひだまりに
わたしはひとり
いまでも咲いているのです

螢

夕餉とは
だれと向きあう夕べだろう
ある夏の宵
川のほとりの木の株に
粗末な布を敷きながら

母は子どもを呼んでいる
父も野良からもどってくる
蚊柱が立ち
一本の燭のほかには
まずしい菜の並ぶだけだが
それぞれはみなみちたりて
それぞれの目にながめいる
子はちちははの目のおくに
とおいやさしいほほえみを
ちちははは子の目のおくに
とおいよく似たほほえみを
蚊柱の音《ね》も絶えるころ
それぞれもとの姿にもどり
おしりにかわいい燈《ひ》を点《とも》し
このひとときにおもいのこさず
それぞれねぐらへかえってゆく
夕去れば

川のほとりも星空のよう
千年万年むかしから
くりかえされたものがたり
この星に
かたりつがれたものがたり
夕餉とは
だれと向きあう夕べだろう
一本の木も川もなく
燭はいつしか燈を点《つ》けず
もどりみちさえなくしたものは
おもいばかりをどっさりのこし
人にも螢《ほたる》にもなれず
にんげんのまま
きえてゆくのだ

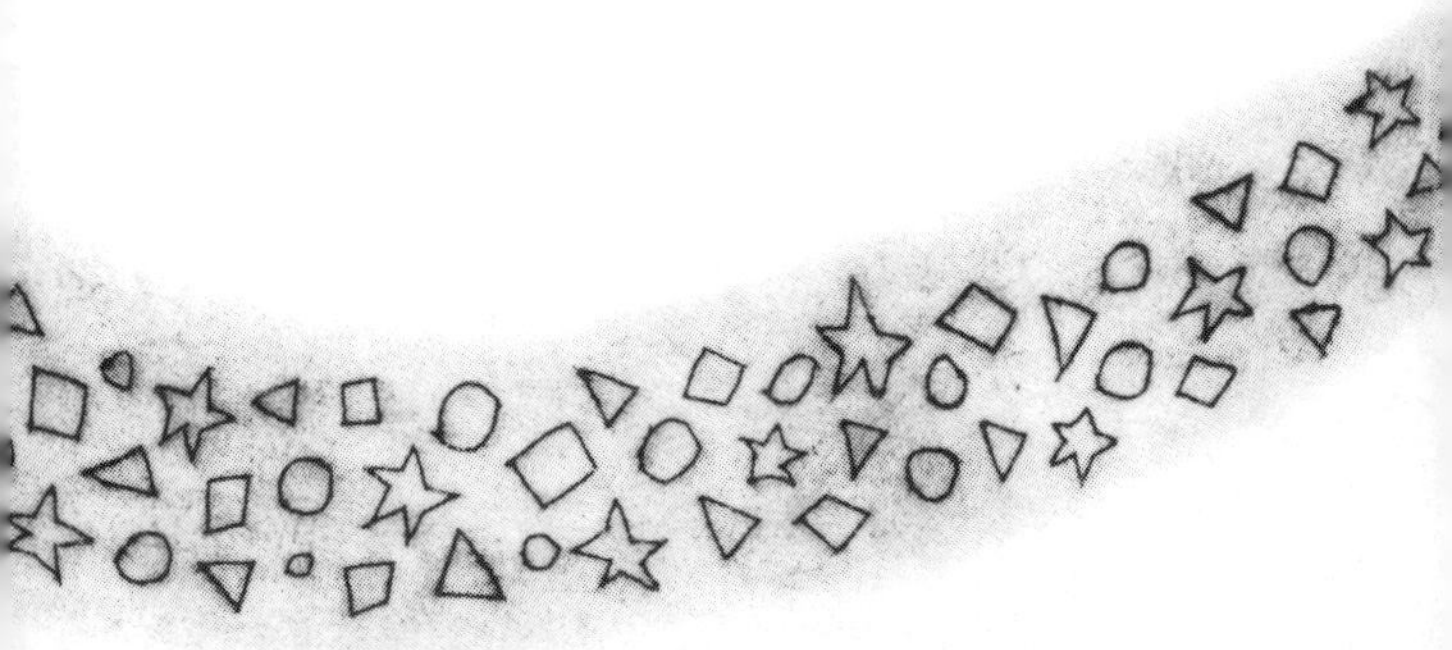

銀河のむこうで

ぼくの手は
やすみなく
返本の山かかえたり
レジのボタンを押しつづけたり
小銭ばかりをかぞえたり
髪の毛をかきむしったり
よごれた吊革《つりかわ》にぎりしめたり
いつしかすっかりかたくなり
指紋もとっくにすりきれて
銀河みたいにぼやけているが
ぼくの手は
ほんとうは
それだけのためばかりではない
なにかのためにあるのだけれど
なにかやさしいなにかのために

なにかしたくてあるのだけれど
おんぼろの手は
ひらいてみても
にっこりわらっているばかり
あどけない眼が
だまってぼくをみつめているのだ
銀河のむこうで
すこしふるえて

生きていて

しにたえたようなところで
しにたえたもののように
いきてゆけたら
とおもう

しにたえたようなところは
しにたえたものたちばかり
とてもしずかで
もういがみあうこともない
もうしぬこともなにもない
だれもえがおで
うっとりくもがうかんでいて
そんなところはどこにもないのに
そんなところがどこかにないかな
とおもう
いきているものばかりのまちで
いきていいて

春風

寂光《じゃっこう》をたたえるちちと
はるかぜのなかをあるいた
だれかのゆめのなかのよう
いちめんののばながゆれて
ゆきかうひともなかった
はるかぜのふくこのみちは
いつはてるともしれなかった
ちちはふざけて
ぼくのてをひくしぐさをし
ぼくもふざけて
てにてをひかれるしぐさをし
倦《う》むこともないのだったが
寂光をたたえるちちは
ぼくをふりむきふりむき
やがてさきへときえゆき

ぼくもまた
だれかふりむきふりむき
みちくさなんかしながら
ひとりきりあるいているが
すずつけたはるかぜのふく
はるかぜのふくこのみちは
いつはてるともしれなかった

日々

詩をかきつづけているあいだ
ぼくはたのしくはたらきました
みんなわらっておりました

詩をかきつづけているあいだ

ぼくらはいっしょになりました
陽はうららうららとさしました

詩をかきつづけているあいだ
こどもはおおきくなりました
そらにはほしがありました

詩をかきつづけているあいだ
ちちはわらってゆきました
みんなどこかへゆきました

詩をかきつづけているいまも
ぼくははたらきわらっています
詩はまだどこにもありません

うらうらと陽のさしてくる
ここがどこだかしりません

ここにはだれもおりません

木陰

むすこたちがいっしんに
たべているのをみることの
なんといううれしさだろう
さんざんまよいあるいてきた
うたがいつづけていきてきた
わたしのとぼしいはたらきを
つまがたんせいするゆうげ
ささやかだけれど
きょうもゆげたつごちそうを
まようことなくたべている
うたがいもなくたべている

おまえたちといられることの
なんといううれしさだろう
そだちざかりのきのめたち
やがておおきくなるひまで
おおきなこかげをつくるまで
みとどけようもないけれど
そんなことなどおかまいなし
またおかわりのおまえたち
みとれていると
このいのちにも
かぜがわたってゆくような
はずれのおとがするような

ただそれだけで

ただそれだけで
つまもむすこもしあわせで
いなかのははもしあわせで
せかいぜんたいしあわせで
ただそれだけのことなのに
それだけがまだわからない
きそいつづけることでなく
たくわえつづけることでなく
それだけのこと
それはだれもがしっている
とてもやさしいことなのに
それなのにまだわからない
ぼくはまいにちはたらいて
まいにちまいにちはたらいて
つまもむすこもしあわせで

いなかのははもしあわせで
せかいぜんたい
こんなにしずまりかえっていて

晴晴

すっかりおわってしまったら
ゆっくりはなしがしたいねえ
すっかりおわってしまったら
なんにものこらないけれど
ゆっくりはなしができるねえ
よくひのあたるたたみのうえで
かたちだけでもさしつさされつ
さされつさしつこころゆくまで
すっかりおわってしまったら

もうはじまりもおしまいもない
あとかたもないぼくらのことを
きらきらはなしていたいねえ

一輪

ちいさなうちにくらしていても
まいにちゆめをみています
まいにちたよりもとどきます
とおくからまたちかくから
うれしいたよりがとどきます

ちいさな日々をすごしていても
まいにちゆめはみています
まいにちだれかとであいます

いきているひといないひと
いきているひとばかりです

ちいさなうちもちいさな日々も
ちいさいことはちいさいけれど
いつもゆめみているのです

ちいさなうちのまどべには
ちいさなはながさいてます
よろこびもまたかなしみも
だれにしられることもなく

春雪

いつもとおなじあさなのに
なにもかもみなあたらしい
さえずるとりもさくはなも
ゆきかうひともあたらしい
いつもであっていたものが
であいつづけていたものが
いつもとおなじやさしさで
いまはわかれをつげている
いまをかぎりとつげている
いつもとおなじこのみちが
いつもとちがうどこかへと
わたしをつれてゆきそうな
はるのまぼろしなのかしら
さえずるとりやさくはなや
なにかわらないものみなが

いっせいにまうゆきのよう
にこやかにまたはれやかに
いまはてをふりつづけるのだ

灰色の空いっぱいに

ああ　ちちが
ちちがいました
あれからときがたちました
むすこもおおきくなりました
わたしはとしをとりました
すっかりさびしくなりました
こんなにさびしくなってから
ようやくあなたをおもいます
ちちにておはせしひとのこと

出勤途上のふゆのそら
はいいろのそらいっぱいに
ちちがわらっているのです
それでいいともわるいとも
げんきでいろともいるかとも
なんともいわないちちですが
いつかどこかでみたような
はじめてあった日のような
ああ　ちちが
はいいろのそらいっぱいに

『童子《どうじ》』 2006

弓

ちちとははからぼくはうまれた
さんざん不孝もしてきたけれど
ちかごろだんだんわかってきた
ぼくの短軀《たんく》はははからもらった
右眼の曇りはちちからもらった
むすこの眼付きのわるさなら
ぼくがさずけたようなもの
あいしてくれたものたちを
無残に食いちらかしてきた
ぼくを食いちらかしてくれ
それが供養というものだ
けれどもそんなことよりも

ひかりながれる矢のような
いのちはどこからきたんだろう
ちちははよりももっとまえから
むすこらよりももっとさきへと
るいるいたる死をつらぬいてゆく
その矢はだれがつがえたのか
よる眼をとじてかんがえる
こんなまっくらやみのなか
ぼくをゆめみるものがある
あとかたもなくなったあと　らんらんと
ゆめみつづけるものがある

だれもしらない

こおろぎのまだなきのこる
朝
始祖鳥のようなとりがきて
樹間《このま》をてくてくゆききする
べんとうばこをてにかかえ
類人のようなわたくしが
ぼんやりそれをみあげている
どんてんの朝
曙光《しょこう》はとおく
まだひとかげもバスもみえない
ながい進化をまえにして
なもないとりと
なもないひとと
だれもしらない
ひともとの樹《き》と

天瓜粉

いなかでぼんやりふくらんでいる
わたしをみんなよけてゆきます
いなかのひなたのにおいがする
わたしにみんなまゆひそめます
わたしはまいあさいなかでめざめ
まいにちとかいではたらいて
まいばんいなかにかえってきます
うとましがられはなつまれて
ひとりすごすごかえってきます
たまのやすみのいちにちは
いなかからもうどこにもでない
だれもどこにもいないいちにち

いまもすやすやねむっています
てんかふんなどあてられて

幸せ

乃生《のう》の鼻という遠い岬の村からバスでくる乃村くんとは、幼稚園からずっと一緒でいまも一緒だ。乃村くんはまいあさ家《うち》の前に立ち、まだねむたげにぼくの名を呼ぶ。のむらくんおはよう、ごはんたべてく、と母。はにかんで、でもうれしげに、どっちでも、と乃村くん。じいちゃんばあちゃんとうちゃんかあちゃんねえちゃんぼくと乃村くん。まいあさ一緒にごはんをたべて、一緒に小学校へゆく。しあわせだなあ、ぼくは。

乃村くんのお父さんは近くの市民病院に勤めているから、学校が引けるとぼくらは市民病院に寄る。薬剤室の蛇口から鎖のついたアルミのコップに水を注いで、乃村くんは少しいばってぼくにふるまう。緑の絨毯《じゅうたん》を敷きつめた不思議なスロープの廊下をころがりおりたりのぼったり。看護婦さんに睨《にら》まれたり。それから裏の広っぱで警察犬の訓練を見たり。でも、今日はなんだかつまらない。いつもたのしい病院が今日はちっともたのしくないのは、母が入院しているからだ。帰ってもいつもの母がいないからだ。ほんとういえばいちどだけ、こっそり母に会いにいった。病室の扉ひらけばむしあついあまいにおいがたちこめていて、あら、ぼくがきたわよお、あちこちおばさんたちの声。ややあって、ひとりできたの、あの母の声。ぱいなっぷるやみかんのかんづめ。ゆめみたい。うっとりするまもあらばこそ、なおるまで、きちゃいけないよ。それからはもう会いにゆかない。まだ暮れ切らない空の下、ひとりしょんぼりあそんでいる。ふしあわせだなあ、ぼくは。

肩をすぼませすごすご帰ると、戸口から明りがもれて、ことことと菜《な》をきざむ音、煮炊きするやさしいにおい、ただいまと呼べばおかえりとむかえてくれる妻の笑顔、生意気盛りのむすこども。それはしあわせなのだけれども、それにしても、とぼくはおもう。乃村くんはどうしたかしら。いつになったら母は帰ってくるのかしら。

父も逝き、いまは故郷にひとりの母は、電話口からかぼそい声でいまがいちばんしあわせだよと、くりかえしそういうのだけれど、それにしても、とまたぼくはおもう。もういちどだけあそこへゆきたい。いくらしかられたっていい。まだ暮れ切らない空の奥、ひとりできたの、だれかの遠い囁きがして——。

風鈴

ふうりんのおとふうりんのおと
ちちははもまたきいたおと
そのちちははもきいたおと
ふうりんのおとふうりんのおと
こどもらもまたきくかしら
そのこどもらもきくかしら
いくせんまんのふうりんが
いくおくまんのいのりをつるし
こよいひとよをゆれている
ひとよかぎりとゆれている
ふうりんのおとふうりんのおと
わたしのゆめのなかぞらへ
ちちははとこのなかぞらへ
とおくからまたとおくまで

たったひとつのふうりんのおと

厩

なあ
妻よ
このごろ夫《つま》はかんがえる
おまえからうまれたんだな
むすこらだけじゃない
おれも
おまえがうんでくれたんだな
としはもゆかぬこむすめが
とおもはなれたうまのほね
わけのわからぬおやじをひとり
このよのくらいうまやのすみで

こっそりうみおとしたんだな
夫として
また父として
やまありたにあり
やままたありて
みえないいつぼみがひらくよう
いつしか夫もいたにつき
いつしか父のかおをして
いばりくさっているけれど
けれども妻よ
夫はこのごろかんがえる
おまえからうまれたんだな
このよろこびもくるしみも
ささやかなこのいのちまで
難産どころじゃありませんわよ
かぼそいうなじをのぞかせながら
となりでねいきをもうたてている

妻よ
なあ

五月

むかしこどもがおりました
ちちはひるねをしています
ちくたくときがきざみます
ちちはこどもを思っている
いまもどこかでこどもらは
まどにゆうひがさしこんで
いつかどこかでこどもらも
こんなしずかなひとときを
むかしこどもがおりました

いまはどこにもおりません
ははちらしをみています

はもこどもを思っている
だれかと笑っているけれど
ここはこんなにしずかです
ふりかえったりするかしら
ちちはのこでいたときを
えがおをわすれられません

ほんとうは

わたしたちみなほんとうは
とてもとおくにいるのでないか
とおくに澄んでいるのでないか

わたしたちみなほんとうは
ゆめをみているだけではないか
ゆめみられているだけではないか

ゆめをみながらゆめみられながら
ときどきないたりわらったり
ただそうしているだけではないか

たとえばくれゆくそらのおく

たとえばきぎのこずえのこずえ
わたしたちみなほんとうは

ゆめをみるものゆめみられるもの
そのめとめのあうふとしたしじま
あんなにあんなにとおいほしぼし

だれ

だれなのかしらあのひとは
あんなにかなしいおそろしい
あんなにつかれたかおをして
わたしをじっとみるひとの
そのめがあんまりかなしくて
あんまりあんまりさびしくて

まばたきひとつできません
なきだすこともできません
ひとさしゆびをくちにいれ
おもちゃもごほんもそっちのけ
ちいさなちいさなこがひとり
わたしをじっとみています
だれなのかしらあのひとは

くらし

いってしまったひとたちは
ここからいなくなるのだけれど
きえてなくなるわけではなくて
どこかにくらしているとおもう
しらないまちのしらないどこか

しらないまどからぼんやりと
とおくをながめているとおもう
もういりぐちもでぐちもないし
ながしもといれもいらないどこか
ときにはぽりぽりせなかとか
かいたりするのだとおもう
あのひとたちにはあえないけれど
いってしまったあのひとたちは
どこかにくらしているとおもう
たとえばこんなひぐれどき
でんきもつけずいつまでも
こんなところで
こうしてそらを

朝露

こくばんのまえ
おるがんのまえ
ぽかぽかぽかぽかひがあたり
ぼくらはまいあさおしゃべりをした
ふざけあったりとっくみあったり
おなかかかえてわらったりした
なにがそんなにたのしかったか
なにもおぼえてないけれど
よくみがかれたおるがんは
きぎのそよぎをひんやりうつし
はくぼくけむるこくばんは
ひそひそうずをまきながら
よぞらみたいにはてしもなかった
ときのたつのもすっかりわすれ
いつしかときがたったいま

いまでもぼくはおもいだす
始業のかねのなるまえの
まばゆくゆれるひとときを
まだ文字もない音符もない
あさのひかりのただなかの
あのわらいごえ
とりのさえずり

真珠

一篇の詩を書こうとおもう
だれもしらないひとときは
だれもしらないものかげで
一篇の詩を
書くよりまえに

ぐっすりねむらなければならない
ぐっすりねむる
それよりまえに
ぼくらはむつみあわねばならない
ぼくらはむつみ
あうよりまえに
かおあらったりはをみがいたり
ごはんもおかわりせねばならない
ちゃわんさしだす
それよりまえに
今朝もつとめにゆかねばならない
あせみずたらし
あおいきといき
うちにかえればよはふけまさり
もうひとときもものかげもなく
せんべいぶとんにくるまって
だんだんまぶたとじながら

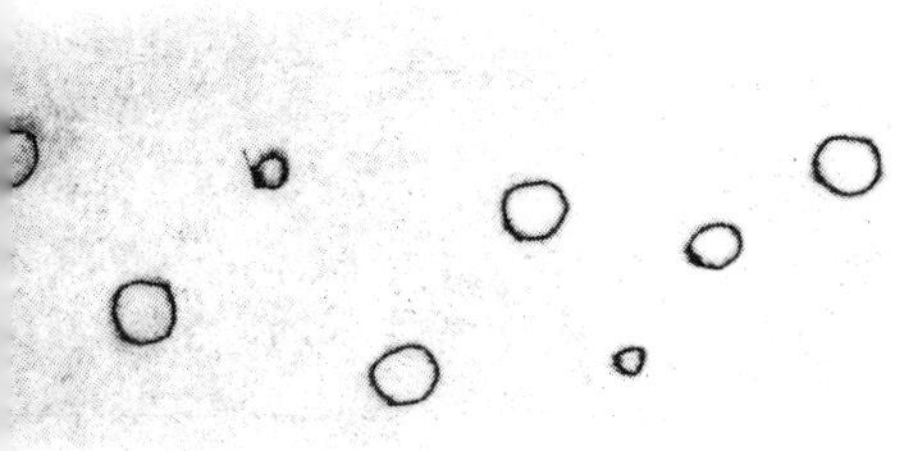

だんだんくちをあけながら
一篇の詩を
書かねばならない
だれもしらないねむりのそこの
だれもしらない
うすあおい真珠《たま》

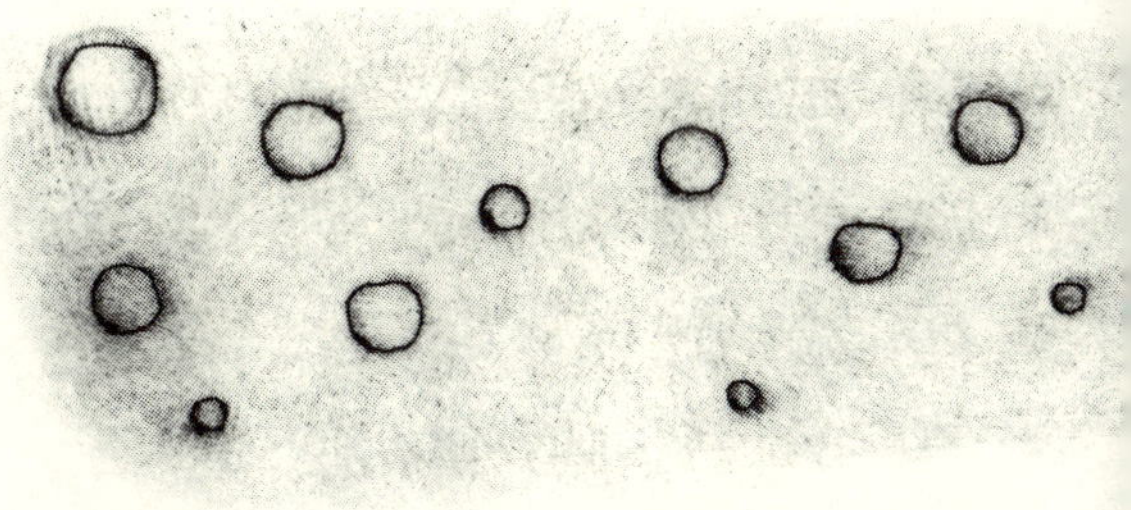

『眠れる旅人』　2008

カンナ

きょうもぼろぐつひきずって
かどをまがればカンナのはなが
なんだかなつかしいにおい
あたりいちめんたちこめていて
ここがどこだかぼくがだれだか
もうわからなくなってしまって
しゃがんでじっとしていたら
どうかされましたかあなた
しらないこどものてをひいた
しらないどこかのおかあさん
やさしいてにてをつながれて
ぼくはこわごわみつめていた

いつだかとおいひるさがり
カンナのはながさいていて

花影　妻不在三十二夜

こよいここでのひとさかり
おえ
ここはこんなにしずかです
カアカアからすがないています
ぼくはなんにもすることがない
ほんとになんにもすることがない
こよいここでのひとさかり
そのあとかたにみとれています
もうつかわれないおなべやおかま
もうつかわれないくすりびん

もうつかわれないぼくひとり
ほこりかむってだまっています
いつまでもただだまっています
つまのはわせたあさがおの
そのはなかげがまどにあり
そのはなかげが
かすかにふるえ
ここはこんなにしずかです

花影弐　妻不在三十九夜

カロウシンロウ
ギックリゴシで
めざめれば
だれもいない

ジゴウジトクの
センタクをして
ジゴウジトクの
ラーメンをにて
ジゴウジトクの
ショウチュウすすり
またうとうとと
まどろめば
いつのまにやらつまがいて
いつものゆげたつごちそうが
ゆめならさめずに
てをさしのべれば
てをさしのべても
だれもいない
つまのはわせたあさがおの
そのはなかげも

花影参　妻不在四十二夜

友がみなわれよりえらく見ゆる日よ
花を買ひ来て
妻としたしむ（啄木）
その妻は居ず

つゆ　妻四十三日振りに義母の介護から戻り一泊、翌朝はまた実家へと。

あなたとともにいるひとときの
あんまりたのしいものだから
こわくなる
このひとときはおおぜいの
はかりしれないさびしさの
うえにむすんだつゆではないか

つゆのおもてにきらきらと
きらめきめぐる
せんたくものも
ごはんのにおいも
おはようもまたおやすみも
あなたとわたしのえがおまで
こぼれてきえて
ろぼうのはなが
ひっそりゆれているよあけ

ふたり

あなたはひとりまどべにもたれ
いつもだまってそとをみていた
わたしはあなたのとなりにすわり

やはりだまってそとをみていた
まどのそとではきれいなそらが
きれいなまちやもりがすぎ
ひとはのりおりくりかえし
はながさきまたはながちり
こんなにとおくはこばれて
わたしはようやくきづくのだ
わたしのしらないまどのこと
あなたのみているまどのこと
ほしひとつない
こんなやみよのまどべにふたり
よりそって

故《こ》園《えん》黄《こう》昏《こん》

幼い頃家族のものから愛称でまちゃびと呼ばれた。まちゃは昌樹の昌、び、とはおさかなのこと。それほど魚好きだった。近寄れば魚の匂いがしたらしい。昭和二十八年、私は瀬戸内海に面した香川県坂出《さかいで》という塩業の盛んな町で生まれた。十人家族の総領の継嗣《あととり》。戦後食料難の気配はまだ深刻に立ち籠めていたが、大きな夕陽の美しい、幼いものには貧しいながらも心豊かな時代だった。大家族を支える屋台骨として独楽鼠《こまねずみ》のように立ち働く母に甘える隙はなかったから、私は専ら祖母に纏《まと》わりついていたようだ。おさかないらんかな。朝毎に呼ぶ行商の魚売りの声に跣《はだし》で飛び出し、祖母の肩越しからその鮮やかな包丁捌《さば》きに見惚《みと》れていた。皮も捨てんでね。肝も入れといてね。普段と違う余所《よそゆ》行き言葉であれこれと指図する祖母。心得てるよと言わんばかりに笑顔で応じながら、天秤《てんびん》の魚片を新聞紙に包《くる》み込む深く腰の曲がった老婆。まだ腰の曲がってないもう一人の老婆とは母娘《ははこ》らしかったが、その母の片目は重い白内障のため魚眼のように濁り、いつも涙を流していた。潮焼けした笑顔の堪《たま》らなく美しい彼女たちと居ると、海に棲む魚介という野生やその命と引替えに代々生業を営んできた人々やその糧を購《あがな》う私たちを貫く一筋の眩《まばゆ》い絆《きずな》が幼心にも感じられた。至福の、無上の瞬間だったが、絶えず柄杓《ひしやく》で水打たれる魚介に混じって、極稀《ごくまれ》に、親指ほどな人形《ひとがた》の見え隠れすることもあった。薄《うす》髭《ひげ》生やし傷負うたその裸形の人形は観念したように手を組み合わせ仰向いて、信じられないことだが、私たちは魚介に夢中で訝《いぶか》しむものは誰もなかった。あれは何だったのだろう。田圃《たんぼ》の井手という井手に螢が湧き、兜蟹《かぶとがに》の幼生が銀河のように渦巻いていた頃のこと。強《あなが》ち幼児の幻想とばかりも言えまい。いつか魚介の血の中ですっかり溶けてしまったか。それとも老婆の指に摘《つま》まれ、まだ舗装されてない路傍に抛《ほう》られ干乾びて埃になったか。野生とも自然とも掛け離れたまぼろしのような、けれど見覚えあるあれは何だったのだろう。そういえば、瞑《つむ》っていた目を薄く開いて、夢見るように恍惚《こうこつ》とこちらを見上げることもあった。私の目と目の合うこともあったはずだが。

むこう

そりゃさびしいさ
ごちそうが
たべられなくなる
したしいともとも
あえなくなる
だいいちつまを

あいせなくなる
そりゃさびしいさ
そんなさびしさならけれど
これまでだってなめてきた
ぼくがうまれたときだって
むすこがうまれたときだって
ちちとわかれたときだって
ぼくはそのたびしんできた
そりゃさびしいさ
うまれかわるのは
こんやもそらにほしがあり
さかんにむしがないている
そのこえだってきこえない
もっとむこうののはらでは
もっとさかんなむしのねが
もっとまたたくほしぼしが

そっと

むかいのせきがあいている
すこしへこんで
ぬくまっている
だれかすわっていたんだな
けれどもいまはないだれか
わたしをみつめていたんだな
ねむりつづけていたわたし
ゆめみつづけていたわたし
そっとみつめていたんだな
でんしゃはつぎのえきにつき
わたしもそっとせきをたつ
すこしへこんでいるせきに
けさもほのぼのひがあたり

まぐねしうむ

よる　たかく　たかく　はなびが　あがる　ぽんと　ひらく　そして　しだれる　しだれて　きえる　また　たかく　たかく　はなびが　あがる　それを　みあげる　つまと　むすこと　つまも　むすこも　おもわない　わたしの　よぞらに　はなびが　あがる　ぽんと　ひらく　そして　しだれる　しだれて　きえる　まっしろな　骨灰《まぐねしうむ》に　みずを　かけ　はき　きよめ　たまえ

みずうみ

ひそひそと　またひそひそと
ふたつのこえがちかづいてくる
とおくから　さらにとおくから
はもんのようにひろがってくる

ひとつのこえはははおやだろう
しゃくりあげるのはこどものこえだ
ふたつのこえはよりそいながら
まだねむれないわたしのまどの
ひのきえたまぎわまできて
はたとやむ
ひそひそと　またひそひそと
ふたつのこえがちかづいてくる
とおくから　さらにとおくから
はもんのようにひろがってくる
あのひ　あれらのひびのどこかで
とどけたかったおおくのこえが
とどかなかったすべてのこえが
まだねむれないわたしのむねの
まだねむらない鹹湖《みずうみ》に
おおきなくらいよぞらをうつし
ひそひそと　またひそひそと

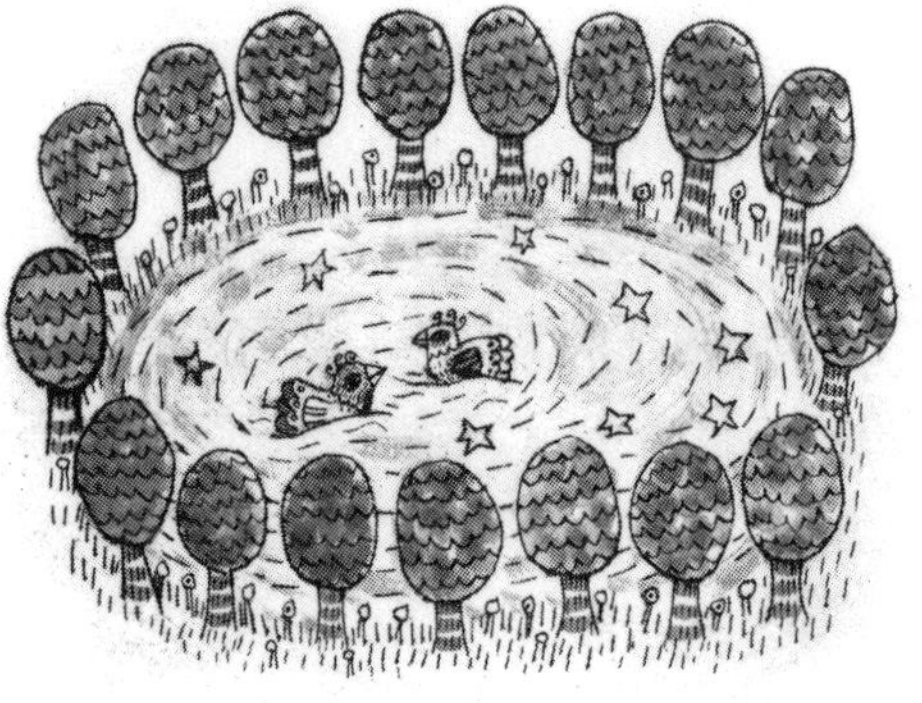

とおくから　さらにとおくから
うちよせてくる
うちよせてくる

眠れる旅人　森《Bois》へ

ペンキのはげたみずいろの
硝子戸《とびら》ひらけば
ペンキのはげたみずいろの
やみのなかから
やあいらっしゃい
わたしはいつものふるぼけた
天鵞絨《ビロード》ばりの長椅子《ソファ》にもたれ
ひるのやすみのつかのまを
ひとわんの珈琲《コーヒー》の湯気

ねたりさめたり
うつらうつらと
つきよのばんに
砂丘のどこか
獅子に嗅がれるたびびとの絵が
すこしかたむき懸けられてあり
やねうら駈《か》けるねこのあしおと
なじみのママとマスターの
とおいはいごのわらいごえ
ほかにお客のかげもなく
アール・デコ調花洋燈《はなランプ》
いつかこわれてはずされて
そのあとに穴
いつはてるともないふかい穴
すぎゆくまどのそとをみながら
わたしはひとりまどろみながら
そのつどあたまはまえへたれ

そしてうしろへ
こっくりこっくりボートこぎ
それをだまってみつめている
いまもだまってみつめている
そのみせはもう
あとかたもない
そのひとも

蟹

カニはおいしい
カニはおいしいことを
カニはしらない
カニはよこばしり
カニはみをひそめ

カニはあぶくをふいている
カニだって
いのちはおしい
だれだって
おいしいもんか

人のように

もうにどとあうことはない
ひとがあるいているまちを
こうしてぼくもあるいているが
きょうそらはうつくしくはれ
ふるさととおく
しごとはつらい
なんにもかわらないまちを

けれどあるいていようとおもう
もうにどとあうことはない
ひとのように

さくら

わたしはいつもめをとじています
こころのまぶたもとじていますが
こんなきもちのいいあさは
うすめひらいていたりもします
こころのまぶたをうすくひらけば
とえにはたえに
ほれぼれと
わたしにみとれるめがあって
はずかしいやらうれしいやら

いてもたってもいられないから
まぶたもこころもほのあかく
とえにはたえに
ほのあかくそめ
こんなきもちのいいあさは
むかしゆめみたことさえわすれ
さくらかなにか
ほころんでいて

金銀砂子

たなばたかざりがゆらいでいます
ぼくのはたらくほんやのどこか
ささのはさらさらかぜになり
いろんなかわいいねがいごと

はずかしそうにきらきらと
おりしもあめがふりだして
まちは灯泥《ひどろ》のにぎわしさ
よろこびやまたかなしみの
かさもひらいてゆくけれど
ぼくのはたらくほんやのどこか
たなばたかざりがゆらめいて
きんぎんすなごのそらのおく
みんなだまってみあげています
ぼくもだれかと
かたよせあって

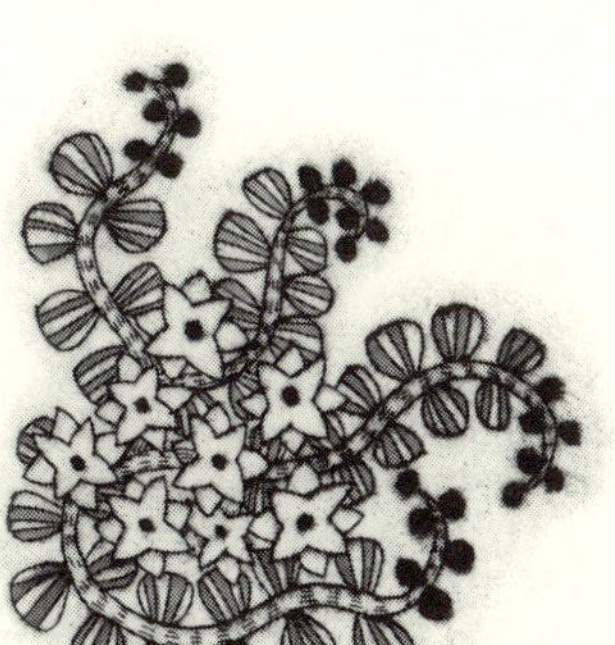

古い町

ふるいまちでうまれ
ふるいまちでそだち
ふるいまちでちちと
くじらがみをみたよる
しめったさじきのにおい
ほこりのこもったにおい
おせんにキャラメル
あめふりフィルム
えいががはねて
大小の
さびたペダルこぎ
アーケードのやぶれたまちを
うちへかえるさ
とうちゃんズボン
まえがあいとる

おおまさき
おまえもあいとる
おおわらいした
ちちはしんだし
あのまちもとっくにたえて
こんなにとおいとかいでいつか
としをとり
けれどまだペダルをこいで
あそこへと
みんながぼくをまっている
ぼくのかえりをまちわびている
あのふるいまち
いまはないうち

亡

ないものはない　わかっていても
かえりたいまち　あいたいひとら
いまもこんなに　いきているから
かえれないまち　あえないぼくが
なにもしらずに　まっているから

おかわり

いまわのとこの
まくらべで
ちちがいった
あやまれよ
むすこはこたえた

ゴメンナサイ
ちちはゆっくりうなずいて
みまかろうとした
そのときだった
あやまれよ
むすこがいった
カンベンナ
ちちはこたえた
むすこはかるくうなずいて
かおをあらって
おかわりをして
けさもバイトにでかけていった

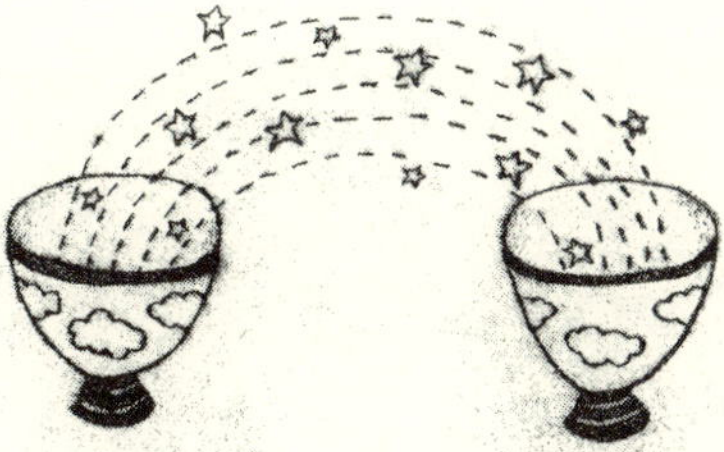

『母家《おもや》』 2010

瞳

わたしのむねのおくかには
ひとみがあって
むきあおうともしなかった
ひとみがさえざえみひらかれていて
とがめるでもなくただすでもなく
ひとみがわたしをみつめていて
こんやもわたしはねむれない
みなもにうかぶつきのよう
わたしのむねのおくかには
かなしくふかいひとみがあって
さえざえとただささえざえと
ひとみはみひらかれるばかり

ひとみはなにもかたらない
おおきなあなはうまらない
だまってひとりむきあっている
わたしのむねのおくかから
まれにちらつくゆきもあり
さくらのまいこむよるもあり
さえざえとただささえざえと
てらしだされる
つみとがもあり

とこしえに

けれどゆうひはうつくしい
むかしのはなびのにおいがする
ゆうひをあびて

あさきたみちを
いつものようにかえるとき
わたしはむねがいっぱいになる
がくあじさいがさいている
いしころだらけのみちのさきには
だれかわたしをまっていて
わたしはやがてただいまをいい
やがてだれかとゆうはんをたべ
やがてだれかとねむるだろう
まどにあかりがついている
あかりはやがてきえるだろう
とこしえに
あかりはきえてしまうだろう
がくあじさいがさいている
いつものみちを
いつものように
おかえりとまつ

だれかのもとへ
けれどゆうひはうつくしい
むかしのはなびのにおいがする
ゆうひをあびて
とこしえに

こんな日に

とおくのこずえがかぜにゆれ
まれにまいたつとりもあり
いえのかべにはひがあたり
あとへあとへととおざかる
それをだまってみつめている
こんなしずかなひのおわり
こんなひだったこんなひだった

—

はじめてまぶたをとじたひも
わたしはひとりみちたりて
わたしはひとりはこばれていた
どこへゆくのかどこからきたのか
そらはあかねにはけをはき
あとへあとへととおざかる
それをだまってみあげている
こんなしずかなひのおわり
こんなひだったたこんなひだった
はじめてまぶたをひらいたひ
わたしはどこかへゆきたくて
わたしはどこへもゆけなくて
ひがついたよう
なきだしたっけ

優しい雨の

やさしいあめのふるあさは
こころもやさしくはずみだす
やさしいあめのむこうから
やさしいだれかくるようで

やさしいあめをうけている
かさにはやさしいあめのおと
やさしいこえをききながら
みんなちいさくうなずいて

やさしいあめのふるあさは
みんなだれかとふたりづれ
みんなだまっているけれど
やさしいあめのふるあさは

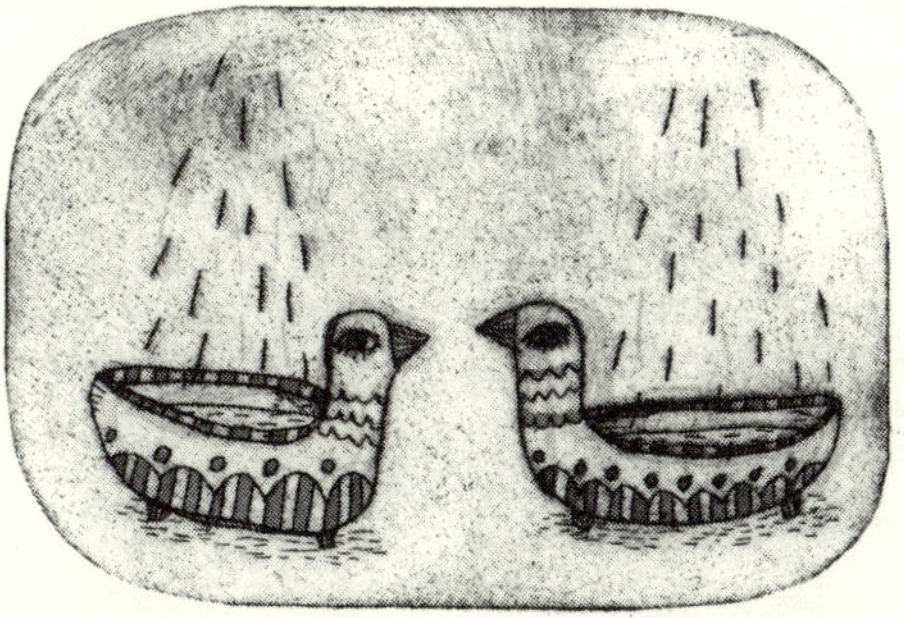

柄杓

ひさかたぶりに
あちらがくるので
こちらはあさからおおさわぎだ
このあついのに
ねくたいなんかむすばされ
むすびなおされたりもして
ことことことなをきざむおと
もっとおくでもことことと
だれかにたきをするおとが
はたとやみ
めをとじて
ひしゃくのみずをうけている
ふるようなあのせみのこえ……

あちらがてのひらあわせれば
こちらもいずまいただしたり
つかのまの
ひさかたぶりの
おうせだけれど
みちたりて
またとこしえのねむりへと
ふるようなあのせみのこえ……

私

わたしはこうしてとしをとり
こうしてぽすとのわきをすぎ
そうしてどこへきえたのか

わたしはこうしてこしおろし
こうしてばすをまちながら
いつものようにかんがえる

そらはうらうらはれわたり
どこにもわたしのかげがない
こんなしずかなあさのこと

微光

わたしはどこからきたんだろう
そうしてどこへゆくんだろう
ははとくらしたいなかのうちから
つまとふたりでくらすうちまで
たかだかしれたみちのりを

いままたひとりかえるころ
わたしはもっととおくから
そうしてもっととおくへと
かえりつづけていたような
こんなみにくいひとのよなのに
こんないやしいひとのこなのに
なもないみどりにつつまれた
なもないまちのここかしこ
なもないあかりのともるころ
やがてついえるみにくさに
やがてついえるいやしさに
ついえぬものの
ほほえむような

羊

わたしはどんなかみさまの
ほんとはどんなこだったのか
わたしもおいたははがおり
つまもむすこのははおやで
このよはははとこにあふれ
しあわせこのよはふしあわせ
くもとみずとにおおわれて
ぐるぐるまわっているけれど
わたしはどんなかみさまの
ほんとはどんなこだったのか
くもにきいてもわからない
みずにきいてもこたえない
にているようなないような
まよえるけさのひつじたち

星

わたしはいつをいきたんだろう
そうおもったりすることがある
そのいつだかへもどれたらなあ
と
わたしはだれをいきたんだろう
そうおもったりすることがある
そのだれだかにであえたらなあ
と
いまはいつでもないいつか
ここはどこでもないどこか
これはだれでもないだれか
さむざむとゆめみられている
あんなちいさなほしのひかり

『明星《みょうじょう》』 2012

明星

おさないものをみるたびに
ちかごろわたしのおもうこと
あのこがおおきくなったころ
わたしはここにいるかしら
おさないものをみるたびに
あんなとおくにいたことを
こんなとおくにいることを
ちかごろつくづくおもうのだ
あけのあかほしよいのほし
ひとみこらしてみたひから
いつしかずいぶんときがゆき
いつしかよるもふけまさり

やみのふかさはいやまして
わたしがどこにいるのだか
わたしのいのちのありかさえ
もうわからないなにもない
こんなしずかなよるのそら
だれがみあげているんだろう
むかしながらのほしぼしばかり
おそれしらないひとみのように

曲がり角

みじかいあいだでしたけれども
つまはせんたくしておりました
みずがきらきらはねていました
みじかいあいだでしたけれども

おさないものがわらっていました
ほおにきらきらみずをうつして
みじかいあいだでしたけれども
かぜはそよそよふいてきました
きぎはさやさやゆれていました
みじかいあいだそのひとときの
いつかどこかのかどをまがって
ぼくはまいにちかえってきました
まいにちかえりつづけてきたのに
どこでどうまちがえたのか
いつものかどがみつからない
いまでもかぜはそよそよふいて
いまでもきぎはさやさやそよぎ
いまでもつまはせんたくをして
いまでもみずはきらきらはねて
ぼくはまいにちかえってくるのに
まいにちかえりつづけているのに

みじかいあいだそのひとときの
いつかどこかのまがりかど
まいごのぼくがまだひとり
ゆめにみられることもなく

筍

むかしたけやぶだったから
たけのこがたくさんはえた
ひとのこははえなかった
たけやぶはきりはらわれて
おおくのいえがたちならび
おおぜいひとのこがうまれ
たけのこはもううまれなかった
こんなふしぎななつぞらのした

いつものばすをまちながら
ひとのこたちにはさまれながら
どこかにたけのこもはえている
しらないまちのあさをおもった

指

ふたつのおめめ
まつげがはえて
おみみもふたつ
うぶげがひかり
おくちはひとつ
かわいらしいは
いつつのおゆび
ちいさなおてて

てんしのような
ゆびはいきのび
ゆびからゆびへ
あくまのように
おまえはなにを
してきたのだと……
まっくらやみのうしろから
けぶかいゆびがのびてきて
わたくしたちのめをおおう
みみをおおう
そうしてくちを

腕

このうででだけでいきてきた
どんなくるしいときだって
どんなかなしいときだって
このうででだけでのりこえた
こどもそだててきたうでだ
おこめをといできたうでだ
はずかしいはなしだけれど
このうででだけをだきしめて
このうででだけにだきしめられて
ぼくはこれまでいきてきた
となりでねいきたてている
ちいさな疱瘡痕《ほうそうあと》のある
おもいだせないあのひとの

滝宮祭禮図屏風

その朝ぼくらは滝宮《たきのみや》目指し自転車を漕《こ》ぎに漕いだ。生まれて初めての遠出だった。滝宮なんか何処にあるかも知れなかった。ちちははの子でしかなかった頃、誰もが産土《うぶすな》の向こうを夢見始める頃、溯上《そじょう》する稚魚のようにぼくらは産土の奥処《おくか》に点る滝宮の灯を目指した。幼い日、ちちははの手に手を繋《つな》がれ訪れたあの町も過ぎこの町も過ぎ、憧れと不安で小さな胸は張り裂けんばかり。いつも見慣れた姿優しいあの小山が見たこともない恐ろしい裏山の素顔を覗かせる頃、御殿橋というのだろうか、屋根のある小さな木橋の下にぼくらは降り立ち、我先に細流《せせらぎ》へ手を浸し水を掬《すく》い口を濯《ゆす》いだ。そして誰からとなく口々に歓呼し合った。「滝宮だ」。「滝宮だ」。一途《いちず》で無邪気な興奮《ときめき》は細流の底に沈む欠け茶碗《ぢゃわん》にもゴム製品にも目を呉《く》れなかった。早や夕靄《ゆうもや》の籠める中、帰途の不安さえ忘れぼくらは互いの紅顔を見交しながら何時《いつ》までもただ笑っていた。

あれから半世紀近い歳月が過ぎ父となり子は巣立ち私は老いた。義兄の葬儀で久方振りに産土へ帰るさ、かつて自転車を漕ぎに漕いだ街道沿いに特急列車で運ばれる内、あの町この町のあまりの近さ、産土のあまりの狭さに夢から覚める思いだったが、再び夢へと呼び覚まされたのはそれから更に数年後、或《あ》る一葉の写真によってだった。

異郷での何時ものような書店作業の明け暮れの中、偶々《たまたま》手にした美術書の頁《ページ》に赤茶けたその一葉があった。「滝宮祭禮図《さいれいず》」。作者不詳制作年不詳六曲一双のその古屏風《こびょうぶ》に私は見惚れた。右隻には祭禮で賑わう参道が描かれ、左隻には、御殿橋というのだろうか、屋根のある小さな木橋の下で幾人かの少年が沐浴《もくよく》している。どの少年も皆笑っていて、中でもとりわけ笑顔の盛んな一人の瞳《め》が私の瞳を凝《じっ》と視《み》ている。半世紀近い以前、否《いや》、それよりももっと以前、それよりももっとずっと以前から、紛れもない私自身の瞳がこの私を凝と視ている。幾重にも重なり合い渦を巻く私の奥処、あの産土の奥処から、たまゆらの灯がとこしえに私を凝視《みつ》める。誰に教わった訳でもない。私の脳裏の暗黒に、金砂子をちりばめたあの六曲一双の巨大な夜空が、いま燦然《さんぜん》と押し開かれたのだ。

座敷童子考

変哲もないある日から変哲もないこの家で私は働き続けています。働くと言えば聞こえは良いが、家業を手伝う訳でなし、実はなんにもしてないのです。実になんにもしてないのです。それでも苦労はしてきました。苦労してきたことでした。そんな私を役立たずだの只飯喰《ぐら》いだの散々父は罵りますが、まがりなりにもこの家が商い続けてこられたのは私がいる御蔭《おかげ》なのです。私が只飯喰い続けている御蔭なのです。私がなんにもしないのは、ザシキワラシだからなのです。けれど唯一私にはザシキワラシにあるまじき過ちが。妻を娶《めと》ったこと、子を設けたこと、その日から私はザシキワラシの半纏《はんてん》剝がされヒトの皮着たヒトデナシになり果てた、ということです。ザシキワラシの去った家は廃《すた》れます。この家も先行き長くないでしょう。生計《たずき》は一体どうなるのでしょう。ヒトの皮着たヒトデナシにも心配で心配でなりません。大きな声では言えないけれど、私は副業始めました。妻も内職始めました。伜《せがれ》ですか……それがその……実はなんにもしてないのです。実になんにもしてないのです。家にいるにはいるのでしょうが、家業を手伝う訳でなし、今朝だって、半纏の袖擦り合う音に、襖の隙から覗いて見ると、御膳の上のものだけが綺麗さっぱり消えていて。……

若葉頃

ちょっとでかけてくるよといって
あなたはこどものてをひいて
それきりもどってこないのです
わかばのきれいなあさのこと
はちまんさまのいしだんで
あなたはこどもをあそばせながら
めをしばたいておりました
こどもはなにかみつけては
あなたのもとへかけもどり
なにかしきりにおはなししては
あなたをはなれてゆきました
だんだんはなれていったきり
もうもどらないあのこども
あなたはいまもまちながら
わかばのきれいなあさのこと

つとめへむかうばすのまどから
あのいしだんがゆきすぎて
はちまんさまのけいだいが
あとへあとへとゆきすぎて
ものみなははやゆきすぎて
もうもどらないあのふたり
まちわびているとおいいえ
わかばのきれいなあさのこと
とおいいえにはひがあたり
おやすみのひのごちそうの
したくもすっかりととのって

豚足

大学卒業後建築事務所で働き始めた私は無様に肥満し世捨人気取りでいた。詩さえ書ければ良かった。結婚なんか考えたこともなかった。小菅刑務所にほど近い葬儀社裏の一間きりのアパートに寝起きしていた。人一倍旺盛な体力と性欲を持て余しながら、私は女が恐かった。女と見るや性しか思い浮かばない私は忽《たちま》ち身も心も鎖《とざ》し鎧《よろ》うてしまうのだった。何しろもてなかった。女が一緒だとおまえはほんとにつまらない奴だな、友人から良くそう言われた。給料日には綾瀬《あやせ》川の辺《ほとり》の薄汚ない焼肉屋で独りトンソクをしゃぶり泣き入るようにビールを飲んだ。トンソクだけが童貞の淋《さび》しさを解ってくれた。私はトンソクに挑み、トンソクは私に応え、忽ち皿を空にして店を出る、無防備なその一部始終が目撃されていた。トンソクに身も心も解き放たれた丸裸な淋しさを、その女《ひと》の目がそっと見ていた。年の頃三十許《ばか》りの黒目勝な半島の店員だった。話をしたこともなかった。何時もの汚れた作業衣で、何時ものように草臥《くたび》れ果てて、草の匂いのするいとうやばしを渡ろうとしたらその女が佇《た》っていた。通り過ぎようとしたら近付いてきて囁いた。飲みにゆかない。青天の霹靂《へきれき》に私は狼狽《うろた》え逃げ出してしまったようだが、嬉しかった。私は生まれて初めて異性から惚れられ口説かれたのだった。後にも前《さき》にも一度きり、私の願いを叶えてくれたトンソクだった。やがて私も結婚し父となり、父と良く肖《に》てトンソク好きに育った息子らが巣立ち、今は女房と二人きり偶《たま》にその皿を囲むがあの頃ほどには旨《うま》くない。トンソクははや神通力が失せたのか、あの頃の胸の空《す》く淋しさほどには。

花嫁

町の本屋で働きながら私は三十歳になっていた。自ら望んで漸《ようや》くあり付いた仕事だった。その本屋に気掛かりなアルバイトが入ってきた。二十歳《はたち》の女子大生だった。やがて私たちは共に暮らすようになり一年が過ぎた。私にはしかし結婚など雲を掴《つか》むようだった。世間の片隅で詩さえ書いていられれば良かった。私は頑《かたく》なだった。その頑なを柔らかだが勁《つよ》い力で結婚へと促したのは会田綱雄だった。予《かね》てより足繁くアパートへ遊びにこられていた会田さんは既に私たち共通の「懐かしい人格」だった。昭和六十年一月十五日、私たちは三鷹八幡宮で挙式した。良く晴れて寒い朝だった。介錯人を引き受けて下さった会田さんは式の始まる二時間も前に三鷹駅へ到着し、私たちはタキシードとウエディングドレスのまま大慌てで迎えにいった。アパートに着くなり会田さんはお酒を所望され、新婦の隣に胡座《あぐら》をかき無言微笑で召し上がり始めた。郷里から駆け付けた公務員教師の姉はその様子に吃驚《びっくり》していたが、私は沁《し》み沁《じ》みと嬉しく有難かった。やがて山本太郎さんがお見えになり、すっかり仕度の整った新婦に、おお、と嘆声を上げられ、私の耳許で「おまえには勿体《もったい》無いな」と囁かれた。沁み沁みと嬉しく有難かった。打ち続く農家の生垣と車道を隔てる未だ舗装されてない歩道を、晴れ着姿の私たちは一列縦隊で八幡宮へと歩いた。あッ、はなよめさんだッ、通りすがりの車の窓から歓声が起き、おめでとうッ、見ず知らずの祝福があちこちから届いた。晴れがましさと恥ずかしさで私は胸が一杯になり、あわや落涙しそうだったが、退《の》っ引《び》きならないヴァージン・ロードを今此処で他ならぬ私が歩まされている不思議な覚醒をも同時に覚えた。今は亡い太郎さん会田さんに挟まれ、今は亡い父の待つ八幡宮の大鳥居を潜り、純白のタキシードの私と、純白のウエディングドレスの妻と、妻のお腹に宿る子と。——あれから二十七年という歳月が過ぎ、あれから二十七年間私は毎日欠かさず朝晩のゆき帰りにバスの窓から八幡宮へ頭を下げる。ゆき過ぎる社殿の奥にはあの日のままの顔触れがあの日のままに。ゆき過ぎる時の流れも知らぬげに。

陽

まくどなるどがあるでしょう
そのおむかいのほんやさん
どこかでこどものこえがする
やさしいだれかよんでいる
それをだまってきいている
いつものよごれたまえかけで
うでぐみをしてとしよせて
あのこがおとなになったころ
まくどなるどはあるかしら
むかいにほんやはあるかしら
けれどそこにはいないだろうな
そこにもどこにもいないだろうな
まくどなるどのあったころ
むかいにほんやのあったころ
あるひあるときあるところ

かわいいこどものこえがして
それをだまってきいている
だれかもこんなひのなかで

蒲公英

いったいなにがあったのか　タンポポばかりゆれていて
それをぼんやりひとりきり　われをわすれてひとりきり
いったいなにがあったのか　タンポポのほかなにもなく
あたりいちめんゆれていて　ひがなひねもすゆれていて
いったいなにがあったのか　いろんなことがあったのに
ながいつきひがたったのに　なにもなかったことのよう
いったいなにがあったのか　わたげまじりのひもすがら
わたしはとうにたえはてて　いちめんにただゆれていて

真珠

なにか死よりもとおいもの
かなしいものに
こころこめこころくだいて
泣きながらまたわらいながら
ここまでともにきたのだけれど
なにか死よりもとおいもの
かなしいものを
ほんとうはもうおもいだせない
どこかにしまってあるはずの
もうどこにもない
ほのあおい真珠《たま》

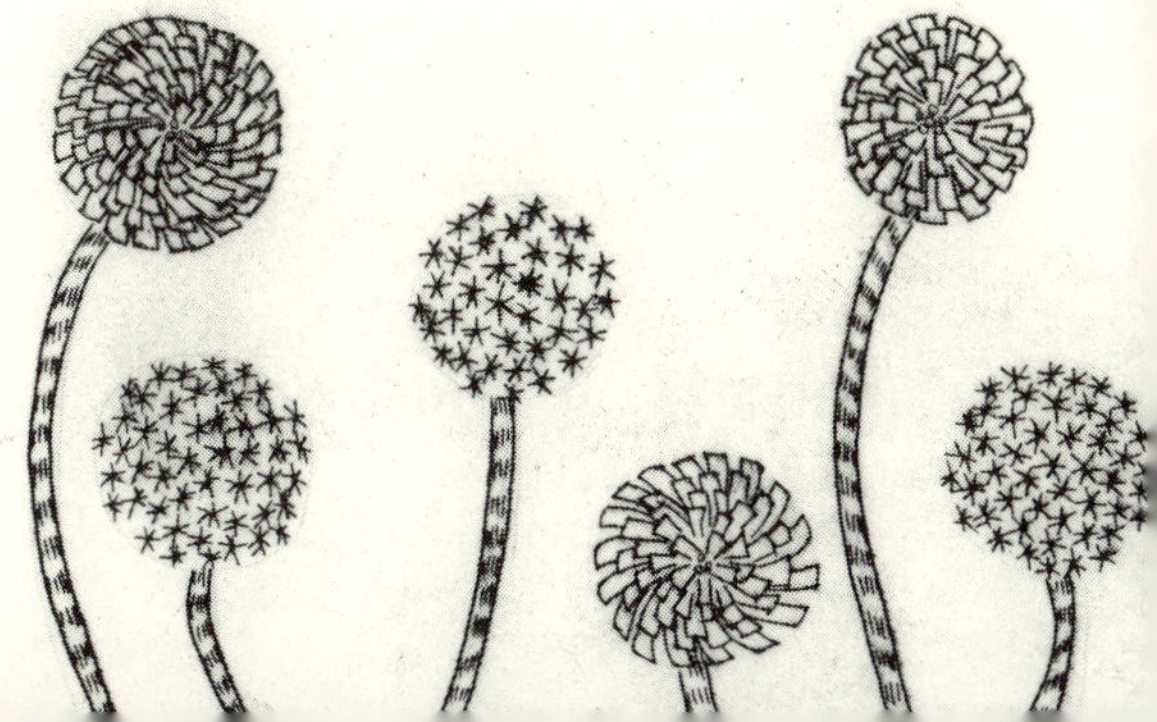

『冠雪富士《かんせつふじ》』 2014

草を踏む

いつだったかな
おまえとは
このよのくさをふみしめた
ことがあったな

おまえとはだれだったのか
わたしとはだれだったのか
どんなあいだがらだったのか
なんにもおぼえていないのに

どこだったかな
ふたりして

このよのくさのうえにいた
ことがあったな

いまはじまったばかりのような
すっかりおわってしまったような
めもあけられないまばゆさのなか
こころゆくまでみちたりて

すあしでくさにたっていた
ことがあったな
ただそれだけのことだけが
ただそれだけのことなのに

この道は

あめのこと
あめこんこんとよんでいた
とおいむかしのにおいがする
みちばたにくさばなゆれて
あめこんこんかすかにゆれて
わたしはわたしのなくなるような
わたしがわたしでなくなるような
かすかなかすかなおもいのなかを
あめこんこん
あめこんこん
いつかだれかのあるいたみちを

月

それはきれいなおつきさま
あんたも　みてみ
でんわのむこうでいなかのははが
ははははしせつへゆくことになり
それはきれいなおつきさま
のぞんでももうかなうまい
むすこはくるしくうしろめたく
いますぐいなかへかけもどりたく
さりとてもどるにもどられず
なにかてだてはないものか
だれにきいてもしのごのばかり
しのごのしのごのうやむやばかり
ふたおやかいごでかよいづめ
つまはかなしくめをふせて
ばんさくははやつきはてて

むすこはみじかいしをかいたのだ
ははとならんでいなかのいえで
つきをみあげるみじかいし
――それはちいさな
　まずしいつきを

内緒

いなかのいえのひだまりに
しんぶんがみひろげ
あつあつコロッケたべたっけ
かあちゃんと
くすくすわらってたべたっけ
まだかえらないとうちゃんや
じいちゃんばあちゃんいぬのコロ

みんなにないしょでたべたっけ
いなかのいえのひだまりに
それからなにがあったのか
それからコロはいなくなり
そふぼもちちもいなくなり
ははをしせつへおいやって
いまはもぬけのからのいえ
いなかのいえのひだまりを
いまごろぼくはおもうのだ
あとかたもないこのぼくは
かあちゃんと

冠雪富士

晴れて還暦、定年を迎えた。こんな出来損ないが三十四年ものあいだ、曲がりなりにも同じ本屋でいさせてもらえた。僥倖《ぎょうこう》のほかはない。細《ささ》やかなそのお祝いに、というわけでもないが、妻と久々連れ立って表参道まで谷内六郎展を観に出掛けた。混み合う朝の井の頭線の車窓から、美事に雪を戴いた富士が一瞬、歓声を挙げる間もなく過ぎ去った。それは驚くばかり間近で鮮やかだった。そういえば、そんなことがあったな、何時か見た夢を思い出していた。まだ客のいない会場ではパネルに貼られた複製画が陽を一杯に浴びていて、何ともいえない気持ちになった。谷内六郎はもう何処にもいないのだった。妻は誕生日のことを憶《おぼ》えていたようで、夕餉にウイスキーを一本供してくれた。細やかなこの一日はやがて跡形もなくなり、勿論《もちろん》、誰の夢の片隅へさえ現れることはない。ヒトの一生なんか墓標一本だな、誕生日を知るものなんか金輪際もうないんだろうな、酔いにまかせて独り言《ご》つうち、つましい尾頭付を皆で囲んだ幼い日が思い起こされ、矢も楯《たて》もたまらず、いまは施設で暮らす郷里の母に電話した。「二月一日は何の日じゃ」。「何の日じゃいうて、まさきの誕生日じゃろうが」。息子は胸が熱くなった。「おなかすかしたまさきが待っとるけん、早よう帰らんならんのじゃ」。「そのまさきとは、このわしのことじゃろうが」、とはいわなかった。

肩車

きさえあったらさるのよう
おおよろこびでのぼったな
きだってよろこんでたもんな
あのえだのうえそのうえへ
いつでもはだしでのぼったな
ひやひやわくわくのぼったな
かたぐるまでもされたよう
そこからなんでもみえたっけ
しらないまちもしらないかわも
しらないさきまでみえたっけ
ほんとにきもちよかったな
いまではだれものぼらない

きにはながさきはなはちり
いつもながらにあおばして
けれどなんだかさびしそう
こだちもこどももさびしそう
しらないまちもしらないかわも
しらないさきもみえなくて
ひやひやもなくわくわくもなく
ひはのぼりまたひがしずみ

揚々と

きょうはもうはやくかえろう
こんなにくたびれはてたから
どんなさそいもことわって
どんなしごともなげうって

きょうはもうかえってしまおう
いつものみちをいつものように
いつものでんしゃをのりかえて
いつものようにいつものみちを
ようようとぼくはかえろう
やさしいあかりのともるまど
さかなやくけむりのにおい
なつかしい
わがやのまえもゆきすぎて
ゆめみるように
ひとりかえろう

企て

さんぐらすしているとはいえ
あぶないものではありません
ちかごろめっきりめがよわり

ますくをつけているとはいえ
あやしいものではありません
かふんにまいっているだけで

このずだぶくろのなかですか
これはおひるのおむすびです
ふしんなものなどなにひとつ

わたしはこれからつとめにでかけ
よもふけまさるころかえってくる
ただそれだけのじいさんなのに

それでもあぶないあやしいと
それほどいぶかしまれるなら
あなたへこっそりうちあける

ばすつくまでのつかのまに
ほんとうは
こんなあぶないくわだてを

それがなにかはいえないけれど
ほんとうに
こんなあやしいたくらみを

たったいま
あなたへおめにかけましょう
ささやかなこのことのはで

雲の祭日

或る休日、こころ細げに妻が言った。昌《しょう》ちゃんと連絡が取れないの。何度か留守電にも入れたんだけれど。昌ちゃんとは上の倅のことなのだが、つい一ヶ月ほど前に家《うち》へ招《よ》んで鮨《すし》をつまみ久々に酒を飲んだのだった。ハケンを止めてシュウカツをして漸く社員に採用されたこと、運転免許も取ったことを珍しく得意げに話す倅の肩を叩きながら見送ったばかりだった。携帯不通なんてこれまで一度もなかったことで、俄《にわか》に不安になってきた。改めて私の手で電話しても空《むな》しくコールが繰り返されるのみ。そんなこと、どうしてはやくおしえないかッ。ズボンを穿《は》き、シャツを羽織ると後から妻も随《つ》いてきた。残暑の厳しい午后《ごご》だった。歩き始めた途端、自らの脚の衰えが身に沁みてきた。二駅ほどの距離なのだが、倅のアパートへ赴くのは私たちには初めてだった。何という薄情なちちははだったたか。妻に導かれてそれらしい町名のそれらしい番地へ近付くにつれ、だんだん倅がこの世のものではなくなっているような気がしてきた。居ても立っても居られぬ思いで私は脚を引き摺《ず》り歩いた。それらしいアパートを目掛け、二階だという部屋を探し、インターホンを押すが誰も出ない。郵便受けには緑のテープが貼られてい、空き部屋だろうと妻が言う。他の部屋も同様にしてみたが誰も出てきてくれない。在宅らしい気配はあるのに、現在は何処もそうなのだろうか。またもや居ても立っても居られなくなってきた私へ妻が、引越ししちゃったのかもしれないね、と囁いた。何があったんだろう、あいつ。私たちは途方に暮れて佇《た》ち尽くした。蜩《ひぐらし》の声が急に耳へつき始めた。しかし、このまま家へは帰れない。更に番地を尋ね、あちこちと刑事のように訊《き》いて回る内、露地にしゃがみこんで盆栽を弄《いじ》っていた老爺《ろうや》と出会い、恐れ入りますが……何度も大声で問い返す末に、遠い耳へ掌を翳《かざ》しつつ、ああ、そのアパートならすぐ裏じゃよ、漸く呟《つぶや》いてくれたのだった。鉢植えのある狭い階段を藁《わら》にも縋《すが》る思いで登り、妻と並んで角部屋のインターホンを押すと、ハイ、と応《いら》えがあった。恐れ入りますが……とこちらの挨拶も終わらぬ内にドアが開き、ど、どうしたの、ビックリ仰天の見慣れた顔があらわれた。倅は買い換えて間もない携帯の新たな電話番号を私たちへ伝えた。ただそれだけのことで私の胸は一杯になり、財布にあったありったけを倅に手渡していたのだった。とはいえそれは一万円ほどにすぎなかったが。鰻《うなぎ》でも喰えばいいからとしどろもどろな父を怪訝《けげん》そうに眺めていた倅は、やがて遠い遠いかつてのような輝かしい笑顔で一瞬、父を見遣《みや》った。茶一杯招ばれなかったが、嬉しかった。勤務先からの急な電話に応える倅の、それなりに頼もしくなりつつある声を背に私たちは部屋を出た。一万円は痛かったな。いいよ、それくらい。夕闇の籠め始めた帰路、バスに乗れば良いものを、私も妻も何か高揚して歩道を歩んだ。子がいてくれるのは、いいな。うん。そしてまた黙って歩いた。遠くを台風が過ぎるらしい夕映えの終わりの空には様々な姿した雲が様々に姿変えつつ流れ、だんだん涼しくなってきた。背中の汗、すごいよ。妻が囁いた。ヒトのこと、言えるか。私は応《こた》えた。肩を並べて初めての家路だったが、家にはまだ、まだ遠いのだ。

寒雀《かんすずめ》

いつかまた
しあわせなひのくることを
いつかまた
ともにあるひのくることを
おもっていまは
まいりましょう
めぐりくるそのときまでは

こんなけわしいひとのよの
ひとのころもをぬぎすてて
いまはとびたつ
ひとりひとりで

池井詩の奥行き

谷川俊太郎

気がついてみるといつの間にか私は、魂というものがあると当たり前のように思うようになっている。目には見えないけれど魂はこの世にもあるし、あの世にもある。ふつう人はこの世とあの世は全く別の時空に属していて、そのあいだには断絶があると思いこんでいるけれど、ふだんはそう思っていてもある刹那に、この世とあの世は断絶していないと気づくことがあって、それが自然に言葉になってくることがあるとすれば、それは否応無しに詩と呼ぶしかない。池井さんの書くものには、そういう刹那の心の状態が、音楽の持続低音のように流れている。そこでは刹那が日常の時間に紛れこんでいるのだ。

そうなってくると刹那という時間が、短い時間ではなくて〈深い〉時間だというふうに考えざるをえない。いわば水平に一方通行で動いてゆく日常の時間に対して刹那は垂直に働く時間と言えるのではないか、池井さんの詩を読んでいると私の心はあらぬ方にそれていくようだ。心は魂よりも浅いところにあって、言葉でどうにか人に伝えることができるのだが、魂はなかなか言葉にならないから、おいそれと人に伝えることができない。だが池井さんの詩はときどき私たちの心を貫いて魂にまで触れてくる。

どうしてそういうことが起こるのか。ふつうなら書かれている言葉の意味の連なりからそれを考えることになるのだが、池井詩の場合はそれよりも一足先に、まず七五調を主とする音の連なりが作り出す一種の調べが、意味と同時に読む者の心と体に作用する。それは音楽の働きとほとんど同じものだが、池井さんが常用するひらがな表記の柔らかい音の連なりだけに理由があるのではない。音に潜んでいる意味の連なり方が、音楽における音符の連なり方にいわば共振しているのだ。

言葉は意味を生み意味を伝えるためにある、それはその通りなのだが、意味にも一義的なものと多義的なものがあるし、言葉の含意ということまで考えると、言葉に靄《もや》がかったり、フレアが生じたりしてもおかしくない。散文と違って詩は明示とともに暗示を武器とするし、文字だけで勝負しない。文字を使って人の内面に響く声と音でも勝負するのだ。池井さんがときおり使う突然の囃《はや》し言葉のような〈おおほいほい〉とか〈おおおおううん　おろおんおおおおん〉とか〈いないいないいないばあ〉とか〈おえ〉もまた、意味を離れて詩にある奥行きをもたらしている。私がいま仮に奥行きと呼ぶものは、日常の現実から浮遊してしまったときの人の心の状態、何にも紛らわすことができない、生きることとの言語以前に通じるパースペクティブを指しているつもりだ。〈ぼくはなんにもすることがない／ほんとになんにもすることがない〉という行を含む「花影」には、中也の「サーカス」や「朝の歌」が谺《こだま》しているが、池井さんは中也のようには詩句を飾らない。ひらがなだけでまるで日々の暮らしのなかの溜息《ためいき》のように、無防備に〈ひとのころもをぬぎすてて〉（「寒雀」）しまう。

人間は生活してゆくために、常に仕事や家事や日常の雑事をこなしていかなければいけない存在だが、それは同時に何かをすることによって、人間の実存のあてどなさから目を逸《そ》らすことでもある。池井さんはときどき私の言葉で言う〈人間社会内存在〉から〈自然宇宙内存在〉へ意識せずに滑りこむことがあるのだろう。そのときは人はもうふだんの言語に頼って他者を、世界を認識することができないから、裸の実存に耐えなければいけなくなる。そんなとき詩がかろうじて人を世界に結ぶのかと思う。

〝ここはどこ　いまはいつ　ぼくはだれ〟が池井さんの詩のいわば第一主題だと私は考えている。それと重なり合って池井さんの第二主題は家族、身内への愛と言っていいだろう。池井さんの詩を読んでいると、私はどうしてもマックス・ピカートの『ゆるぎなき結婚』（佐野利勝訳）の一節を思い出してしまう。

「結婚の中にあるもの、……それは一人の男と一人の女、何人かの子供、食べたり寝たりするための僅かの家具什器《じゆうき》、そして恐らくは二三匹の家畜、ただこれだけのものである。世界創造のはじめにはちょうどそのようであった。しかも、世界創造のはじめから今日に至るまで、常にただこれだけのものが、結婚家庭のなかに存在していたのある。」池井さんの結婚生活が実際にどんなものであったかは知らないが、詩の中に見え隠れする妻や子どもたちのイメージを追っていると、彼が妻子の存在を生きる支えにしていることが想像できる。池井さんの夥《おびただ》しい詩稿をパノラマのように俯瞰《ふかん》することができるとすれば、詩が生活の大地からある種の植物のように芽を出し繁茂してゆく有様が見えてくるだろう。

だが彼はまた〈なつかしい／わがやのまえもゆきすぎて／ゆめみるように／ひとりかえろう〉(「揚々と」)とする人だ。私は酒に酔えない体質を父親から受け継いでいるので、池井さんと酒を酌み交わして歓談したというような経験はないが、彼の家族身内にとどまらない情の深さは、谷内六郎や会田綱雄について書いたものからもうかがえる。

感傷的であることを現代詩は避けてきたけれど、感傷は人への、そして世界の全てへの情の深さと切り離せない。感じることで喜びとともに傷つくことを恐れない池井さんの作風には、感傷的と言われる心の状態が、ときに魂まで測鉛を下ろしていると感じさせられるところがある。

他の現代詩と同じように池井さんの詩を読んではいけないのではないかと、私に気づかせてくれたのはミュージシャンの谷川賢作である。「現代詩手帖」創刊五十年祭の折、私の自作の他に「手から、手へ」を彼のピアノとともに朗読することを提案してくれて、初めて池井詩を声に出して読み、それがその独特な肌触りとでもいうべきものに触れた最初だった。この一文もそのときの印象から出発している。

（たにかわ・しゅんたろう／詩人）

年譜

池井昌樹　略年譜

一九五三（昭和二十八）年

二月一日、香川県坂出《さかいで》市梅園町に生まれる。父和昌、母鈴子の長男。曾祖母、祖父母、二人の叔父、叔母、姉の十人家族。家業の米穀海産物問屋「加茂屋」が潰え、「坂出商船」を経営していた祖父が引退し、家計はバス会社に勤務する父の給料に拠っていた。質朴ながらも充ち足りた日々。家族の皆から「まちゃ」と愛称されかわいがられる。夏には開け放した北の窓から遠い潮の香がしのび込み、

左より母、姉、叔父、まちゃぼう（著者）、叔母、祖父、祖母、曾祖母。

焼玉漁船のエンジン音も微かに聴こえた。南の窓からは広大な水田が望め、水田の果てにはお椀を伏せたような姿優しい飯野山（讃岐富士）が青く霞んでいた。水田から一斉に湧き起こる蛙声にあやされながら夜毎の眠りについた。

一九五六（昭和三十一）年●三歳

病弱でよく風邪をひき、百日咳や水疱瘡を患う。夏、父の職場の慰安旅行に連れられいった蔦島《つたじま》海水浴場で、酔客のボートに乗せられ転覆し、釣竿で救助され九死に一生を得る。

一九五七（昭和三十二）年●四歳

四月、私立実習幼稚園入園。昼食で偶に供されるびん牛乳と、グローブ形のクリームパンに心ときめく。

一九五九（昭和三十四）年●六歳

四月、香川大学学芸学部（現・教育学部）附属坂出小学校入学。面接試験で池田校長先生から片手で十まで指折り数えなさいといわれ六番目に拇指を突き出してしまう。祖父譲りの癖だった。付添いの母はもう駄目と観念するが合格。登下校毎にまだ舗装されてない路面に露頭する色とりどりな小石に心を奪われ、掘り出しては両ポケットに詰め、学校へも家へもなかなか辿り着けなかった。

一九六一（昭和三十六）年●八歳

市内此花《このはな》町（現・白金町）に転居。曾祖母が去り、叔父叔母たちが独立し、六人家族となる。質朴だった食生活が一変し、たちまち肥満児となる。この頃より、何か足りない、心の中にワンピース欠けている思いに囚《とら》われ始める。学業不成績。日記嫌いの少年だった。

一九六五（昭和四十）年●十二歳

四月、香川大学学芸学部附属坂出中学校入学。油彩を描いていた母の血筋か絵が好きで、市内のコンクールに入賞し、初めて表彰を受ける。「週刊新潮」の谷内六郎表紙絵に深く感動。爾来、切り取っては大学ノートに貼り付け飽かず眺める。その絵には何時からか閑却されていた生家の記憶が、否、幼児の目に映る誰のものでもない〈原郷〉そのものが展けていた。心の中の失われたワンピースを見出した思いで熱狂した。どんな手段でもいい、このようなことをしたい。そう思った。

一九六六（昭和四十一）年●十三歳

六月二十四日午後十一時四十六分、第一作となる「夏の夜」が生まれる。制作日、時分まで克明に記してあるのは、その第一作が余程の衝撃だったからだ。日記すら満足に記せなかった少年が初めて刻したこれは何か。「刻した」よりも「産み落とした」というなまなましい実感—恐怖があったからだ。「中二コース」投稿欄にて山本太郎選により次々と詩が入選。白秋、朔太郎、達治、暮鳥、重吉、賢治、中也、心平、冬二、谷川俊太郎らの詩を渉猟。大学ノートに浄書する。

一九六七（昭和四十二）年●十四歳

旺文社主催文部省後援全国学芸コンクールに応募した詩「雨の日のたたみ」が特選となる。両親とともに上京し、学生会館にて表彰を受ける。初めて見る富士山に感動。

中学入学式の朝、父と。

一九六八（昭和四十三）年●十五歳
県立坂出高校受験に失敗。四月、私立高松大手前高校入学。「四季」（第四次）、「文芸首都」、「詩学」、「詩芸術」などに投稿を始める。

一九六九（昭和四十四）年●十六歳
詩の制作数が千篇を超える。休日には近間の山野を経巡り、石器土器の採集に明け暮れる。

一九七〇（昭和四十五）年●十七歳
校内回覧誌としてガリ版刷で始めた「露青窓」に、秋亜綺羅や谷内修三ら全国の投稿仲間を巻き込む。投稿詩「春埃幻想」が、「詩学」史上最高点で第一席となり、「詩学の新人」としてデビューを果たす。選者は山本太郎、中桐雅夫、宗左近、嵯峨信之。

一九七一（昭和四十六）年●十八歳
四月、二松学舎大学文学部国文科入学。上京し、中野区沼袋の西向方《にしむかい》に仮寓。生まれて初めて胸のすくような孤独と自由を同時に味わう。部屋の扉に「露青窓草庵」と表札を出す。ガリ版刷で校内同人誌「るびい」創刊。初めての一人旅の収穫、連作長篇詩「鮫肌鐵道」を「露青窓」に発表。天沢退二郎の目にとまり、「現代詩手帖年鑑」に全行が掲載される。

一九七二（昭和四十七）年●十九歳
山本太郎の推輓により「歴程」同人となる。折も折、「連合赤軍派的年齢の若さ」と新聞紙上で紹介される。

一九七三（昭和四十八）年●二十歳
市ケ谷私学会館で歴程新同人歓迎の宴が催される。同期には粕谷栄市、黒岩隆、墨岡孝、北杜夫。初めて会えた草野心平にグッと睨みつけられ、「うつくしい貌をしている」といわれる。「歴程フェスティバル」の同人劇で、山本太郎の代役としてアポロを演じる。

一九七四（昭和四十九）年●二十一歳

「ユリイカの新人」として福間健二、平出隆、つかこうへい、本庄ひろしらとともに紹介される。沼袋の居酒屋「さつき」にてアルバイトを始める。型破りな学生や若い社会人たちの巣窟で青春の坩堝のような一時期を過ごす。

一九七五（昭和五十）年●二十二歳

三月、二松学舎大学文学部を卒業。四門調査事務所（現・株式会社四門）入社。慶応義塾大学探検部OB四名が創出したその自由な社風の中で、存分に羽根を伸ばし詩を書く。仕事内容は主に下水道や河川護岸の工事による被害調査で、何軒もの家屋を回り図面を引く。支給された設計用のスケール手帖を忽ち詩の草稿で埋めてしまう不良社員だった。牛込天神町のアパートへ転居。日原正彦、佐々木洋一らとガリ版刷同人誌「拾遺集」創刊。

一九七六（昭和五十一）年●二十三歳

祖父昌平死去。小菅監獄にほど近いアパートへ転居。収入、環境両面で恵まれていたにも拘らず、何か心にワンピース欠けている思い。「詩学」誌上のコラムで「ナカズトバズノ池井クン」などと揶揄される。詩にも生活にも次第に行き詰まり、生の方途を見失い、職を辞し尻尾を巻いて郷里へ逃げ帰る。半年ほど悶々と無為に過ごす。石垣りんからの賀状に一筆「池井さん、どうするのかしら」とあった。坂出サイロ（穀物貯蔵）入社。詩のみを想い、悶々として働く。ある深更、ある詩の一節が胸の奥から込み上げてきた。「新宿坂町一番地／うすぐらい石垣に／しょんぼり生えていた羊歯《シダ》／あれは鳳尾草《イノモトソウ》というんだ」。会田綱雄の詩「鬼よ眠れ」だった。しょんぼり生えているだけでいい。私は私だけの生を遂げたい。それが再上京の動機だった。こっそり家を出、坂出駅のホームで上りの列車を待っていると、背後に気配があり、反目しあっていた定年後の父が佇っていた。黙ってうなずいてくれたのだった。

一九七七（昭和五十二）年●二十四歳

再上京し、杉並区和泉の四畳半アパートに住む。四門調査事務所にてアルバイト。第一詩集『理科系の路地まで』を思潮社より上梓。嬉しくて、出来たてのそれを抱えて会田綱雄を初めて訪問。その足で、序文を頂いた山本太郎を訪問。持参したウイスキーの小瓶にそれぞれ記念のサインをしてもらう。新宿厚生年金会館での出版記念会の席上、表紙絵を頂いた谷内六郎から「私は誰が何といおうと池井昌樹の詩が好きだ」といわれる。その後「砂山」を大声で歌って下さった。

一九七八（昭和五十三）年●二十五歳

第二詩集『鮫肌鐵道』上梓。大西和男の尽力による。扉挿画鈴木翁二、表紙絵は著者。限定三百部。この頃より「ガロ」の画家鈴木翁二、古川益三と交流し、「露青窓」（二次）を創刊。同人は他に藤田晴央、園下勘治ら。

一九七九（昭和五十四）年●二十六歳

第三詩集『これは、きたない』上梓。表紙絵古川益三。株式会社昭栄（吉祥寺ブックスいずみ）入社。多くは二十歳代の、様々な夢を抱く仕事仲間に助けられ、睦みあい、働く。酒と薔薇と汗水の日々。会田綱雄とさかんに往来し、はかりしれないほどの啓示を受ける。

一九八〇（昭和五十五）年●二十七歳

十二月、会田綱雄、吉原幸子、徳永民平とフィナール展（於愛媛県立美術館）で座談。

一九八一（昭和五十六）年●二十八歳

谷内六郎死去の報に泥酔し、職場の仲間に支えられ御宅を訪ね、号泣。御兄弟のどなたかに肩を叩かれ慰められる。第四詩集『旧約』

上梓。挿画鈴木翁二。谷内六郎の霊に捧げる。

一九八二（昭和五十七）年●二十九歳
三鷹市上連雀の第二勝守荘に転居。四門調査事務所時代からの友人湊英彦が大型トラックで駆けつけてくれる。この六畳四畳半が、これより三十年に渉る詩と生活の母胎になった。

一九八三（昭和五十八）年●三十歳
第五詩集『沢海』上梓。表紙絵鈴木翁二。祖母ミツエ死去。三年間詩作を断つ。絶えまない日夜の労働の中、おまえはチヤホヤされたかったのか、それとも、ほんとうに詩が書きたかったのか、という心の審問が長く続く。

一九八五（昭和六十）年●三十二歳
一月十五日、職場の後輩だった島田良子と結婚。三鷹八幡大神宮にて挙式。立会人会田綱雄。七月、長男昌太郎誕生。

一九八六（昭和六十一）年●三十三歳
第六詩集『ぼたいのいる家』上梓。裏表紙の絵は谷内六郎。

一九八七（昭和六十二）年●三十四歳
八月、次男南人誕生。

一九八八（昭和六十三）年●三十五歳
十一月、山本太郎、草野心平死去。山本太郎本葬の日、粕谷栄市と会い、会田綱雄を入曽に訪う。駅前の蕎麦屋で酌み交しつつ亡き詩魂を囲むうち、誰からとなく同人誌発刊の話が出る。誌名は「森羅」に決まる。

一九九〇（平成二）年●三十七歳
二月、会田綱雄死去。同人誌「森羅」は未遂に終わり、以後、同人誌の創起を一切放棄。第七詩集『この生は、気味わるいなあ』上梓。表紙絵鈴木翁二。会田綱雄からの来状を栞とする。我が子の誕生と敬慕する先達との永訣の狭間で、次々に不思議な詩的覚醒が訪れる。私は詩が書きたかったのだ、と。そしてそれは誰より秀れた誰にも書けない詩、ではなく、誰にも見えているが誰も見ていない詩。たとえば、使い古され磨滅した玉砂利のような日常語—おやすみなさいやただいまやごちそうさまやおはようや—の美しさに俄然目醒める。詩とは捕えるものでなく向こうからやってくる、ということにも。汗水垂らす日々の生活の中から顕れたこの気づきは巨きかった。

一九九一（平成三）年●三十八歳

二月二十二日、会田綱雄の祥月命日を「桃の忌」とし、有志三十六名が遺影を囲む。会場は吉祥寺のいせや総本店。献杯栗津則雄（桃の忌は年忌として現在に至る）。四月より「詩学」誌上にて投稿作品合評（～九三年三月）。

左から、長男昌太郎、次男南人、著者、妻良子。

一九九三（平成五）年●四十歳
第八詩集『水源行』上梓。表紙挿画鈴木翁二。「歴程夏のセミナー」にて講演「会田綱雄」。
一九九四（平成六）年●四十一歳
松山市で講演「会田綱雄」。
一九九五（平成七）年●四十二歳
第九詩集『黒いサンタクロース』上梓。「草野心平を語る会」（銀座）で講演「草野心平」。十一月、読売新聞に詩「ほのほ」発表。紙面初掲載に興奮し書店勤務中に前掛け姿で駅売店へ駆け出す。一字一句、くり返し凝視めた。
一九九七（平成九）年●四十四歳
第十詩集『晴夜』上梓。藤村記念歴程賞、翌年、芸術選奨文部大臣新人賞受賞。清岡卓行より来信、「人生の流れの根底にかかわる主題が、詩集を熱くつらぬいていることに感嘆しました。現代詩に新しく優れた詩人が自己発見を通じて登場したことを知りました」。
一九九九（平成十一）年●四十六歳
五月、父和昌死去。享年七十七歳。第十一詩集『月下の一群』上梓。現代詩花椿賞受賞。
二〇〇〇（平成十二）年●四十七歳
七月より読売新聞夕刊にて詩の月評（〜〇五年六月）。
二〇〇一（平成十三）年●四十八歳
現代詩文庫『高橋順子詩集』に作品論「放心の矢印」。現代詩文庫『池井昌樹詩集』上梓。解説秋山駿、天沢退二郎、粕谷栄市、那珂太郎、山本太郎。
二〇〇二（平成十四）年●四十九歳
六月より福間健二と「現代詩手帖」新人作品選考（〜〇三年五月）。

二〇〇三（平成十五）年●五十歳
三月、『長田弘詩集』（ハルキ文庫）に解説「自然から芽吹いた細やかな糧」。六月、第十二詩集『一輪』上梓。七月、現代詩文庫『続・粕谷栄市詩集』に詩人論「寝た子を起こす人」。中国語訳『日本当代詩選』（作家出版社）に「晴夜」ほか六篇収録。ロシア語訳『ふしぎなかぜが～現代日本詩歌』（イノストランカ社）に表題作「ふしぎなかぜが」ほか六篇収録。

二〇〇四（平成十六）年●五十一歳
法政大学兼任講師になる。

二〇〇五（平成十七）年●五十二歳
一月、明治学院大学ポエトリーリーディングに出演。二月、姫路文学館にて講演「自作詩の周辺」。スペイン語訳『VERTIGINE眩暈』に「半跏思惟」ほか三篇収録。

二〇〇六（平成十八）年●五十三歳
第十三詩集『童子』上梓。扉挿画小池昌代。翌年、詩歌文学館賞受賞。

二〇〇七（平成十九）年●五十四歳
「文藝年鑑」にて詩の年間時評（〇七、〇八、一三、一四年）。母校二松学舎大学にて学術文化奨励賞受賞。

二〇〇八（平成二十）年●五十五歳
第十四詩集『眠れる旅人』上梓。翌年、三好達治賞受賞。七月、中日詩祭で講演「新詩集『眠れる旅人』を読む」。

二〇〇九（平成二十一）年●五十六歳
六月、「現代詩手帖創刊五十年祭」（於新宿明治安田生命ホール）にて、「手から、手へ」（『黒いサンタクロース』）が谷川俊太郎により朗読される。十月、「現代詩手帖」特集

「池井昌樹、日本語の魔力」で西江雅之と対談「自分の〝言葉〟への旅」。

二〇一〇（平成二十二）年●五十七歳

四月、長田弘詩集『世界はうつくしいと』第五回三好達治賞授賞式にて講演「長田弘詩と私」。第十五詩集『母家』上梓。

二〇一一（平成二十三）年●五十八歳

三十年来住み慣れた勝守荘を柱の疵遺し転居。

二〇一二（平成二十四）年●五十九歳

第十六詩集『明星』上梓。装丁高貝弘也。翌年、現代詩人賞受賞。谷川俊太郎による朗読が因となり、『手から、手へ』（植田正治写真、山本純司企画・編集）が集英社から上梓。

二〇一三（平成二十五）年●六十歳

一月より東京新聞夕刊にて詩の月評（～十二月）。二月、日本近代文学館の第七十二回「声のライブラリー」に出演。四月、集英社にて新入社員を前に「手から、手へ」を朗読。

二〇一四（平成二十六）年●六十一歳

一月、長田弘より引き継ぎ、鎌倉建長寺の雑誌「巨福」（年二回刊）に詩の連載を開始。第十七詩集『冠雪富士』上梓。装丁高貝弘也。七月、三十五年勤務したブックスいずみ閉業。現代詩文庫『三角みづ紀詩集』に作品論「生《いのち》の真珠」。十月、富山県民芸術文化祭にて講演「自作詩の周辺」。

二〇一五（平成二十七）年●六十二歳

十月より「読売カルチャースクール」（荻窪）に出講。十二月、「現代詩手帖年鑑」に展望「美しい町　長田弘、西江雅之がいた風景」。

（二〇一六年三月　著者自筆）

出典一覧

『この生は、気味わるいなあ』	七月堂	一九九〇年
『水源行』	思潮社	一九九三年
『黒いサンタクロース』	思潮社	一九九五年
『晴夜』	思潮社	一九九七年
『月下の一群』	思潮社	一九九九年
『一輪』	思潮社	二〇〇三年
『童子』	思潮社	二〇〇六年
『眠れる旅人』	思潮社	二〇〇八年
『母家』	思潮社	二〇一〇年
『明星』	思潮社	二〇一二年
『冠雪富士』	思潮社	二〇一四年

編註
＊本書は、ハルキ文庫のためのオリジナル編集です。
＊一部文字を訂正したり、読みやすさを考慮し、新たに振り仮名を加えました。

Haruki Bunko
ハルキ文庫

い22-1

池井《いけい》昌樹《まさき》詩集《ししゅう》

著者 池井《いけい》昌樹《まさき》

2016年6月18日第一刷発行

発行者 角川春樹

発行所 株式会社角川春樹事務所
〒102-0074 東京都千代田区九段南2-1-30 イタリア文化会館

電話 03(3263)5247(編集)
03(3263)5881(営業)

印刷・製本 中央精版印刷株式会社

フォーマット・デザイン 芦澤泰偉
表紙イラストレーション 門坂 流

ISBN978-4-7584-4006-6 C0195 ©2016 Masaki Ikei Printed in Japan
http://www.kadokawaharuki.co.jp/[営業]
fanmail@kadokawaharuki.co.jp[編集] ご意見・ご感想をお寄せください。